J.B. Sørensen

Sorte penge - *og hva´ så ?*

samt andre gisninger

2016 – J.B. Sørensen
Sats og omslag: Books on Demand GmbH
Forlag: Books on Demand GmbH, København, Danmark
Fremstilling: Books on Demand GmbH, Norderstedt, Tyskland
Bogen er fremstillet efter on-Demand-proces

ISBN 9788771704051

Sorte penge – og hva så ?

`Et liv i sus og dus´. Ønsket har nok strejfet de fleste. En hel del mennesker har endda været "opfindsomme" i indberetningen af deres indkomst for, at bjerge penge nok til ønsket. En skattefri indtægt er nemlig både en let og hurtig måde til, at nå et sådant liv. Men at få ønsket om "et liv i sus og dus" til at blive virkeligt, er et vanskeligt mål at nå. De regerende magter gør ellers, efter eget udsagn, det bedste de kan for at alle og enhver kan få så vidunderligt et liv som muligt.

Men på trods af at vi mennesker ønsker alt godt for hinanden, er der anbragt en bom til spærring så ikke alle opnår følelsen af, at de danser på roser. Bommen er placeret af mennesker der på trods af de viser en venlig facade, ikke ønsker at give deres part til alles vel, men kun tænker på sig selv - egoisme i højeste potens. Som antydet, er det tydeligt at penge uden om skattevæsenet, **sorte penge,** kan styre éns tankegang. Lad os i den anledning se lidt på, hvordan disse penge egentlig bliver lavet! Vi vil begynde i det små, og kaste et blik på "småtingsafdelingen af uindregistrerede penge". Noget mange mennesker betragter som: Helt okay.

Selvom skattevæsenet snydes, synes mange at "Guld" fra sort arbejde, er en velsignende indkomst. Det at kunne købe noget ekstra til sig selv, eller måske ligefrem at kunne glæde familien med hvad den ønsker sig, er en berigelse uden lige. Det nødvendige guld kan for eksempel skaffes ved at man er kreativ i sine tanker selvom det ikke er i overensstemmelse med lovens principper, hvilket man selvfølgelig må have i tanke, når eller hvis en guldgruppe åbner sig i ens tanke.

Man kan f.eks., skønt det jo er ulovligt, lade beskeden om at man gerne klipper hæk og slår græs for folk for et mindre beløb, blive en "allemands hemmelighed" gennem venner og bekendte. Når vinterhalvåret står for døren kan man jo gøre det samme ved at rydde sne, salte osv.

Igen er det jo op til ens fantasi – og hvilken interesse og formåen man ligger inde med. Men for den havekyndige er der f.eks. beplantning, eller decideret vedligeholdelse af haver. Denne hjælp eller tjeneste, alt efter hvordan folk ser på det, kan på forholdsvis hurtig tid udvikle sig til et bijob hvis der investeres i materiel for at komme naboer, venner og bekendtes ønsker i møde.

Som et eksempel i forhold til ens vilje til at bruge fysisk energi kan vi tage snerydning, hvor der om nødvendigt må købes små maskiner til hjælp, som dog hurtigt bliver betalt via de hjulpne personers betalinger. Det kan ligeledes dreje sig om renovering af boliger hvor der udføres el-, blikkenslager-, malerarbejde, eller tusindvis af andre ting som kræver et hjælpemiddel.

Af andet end blot det "materielle" område, kan der f.eks. ses på feltet, hvor der sælges frisk fisk fra "garnet" skønt det ikke drejer sig om den store økonomi på dette felt. En anden side inden for fødevarer er dog den "bunke" af nyslagtet fjerkræ, får, grise, kvier etc. der skifter ejermand, uden skattevæsenets viden.

En anden sag, som måske kan være mere omfattende end man først ville antage er, at børn bliver "passet" mens forældrene arbejder. Her træder mange private personer ind, uden at det offentlige system informeres om indtægten.

Ja næsten alt kan forvandles til penge, og for ligesom at danne en ramme, eller mangel på samme om emnet, er det klart at det kun er fantasien der sætter grænser. Men for temmelig mange vil der uden tvivl være et skel som angiver hvor stort eller småt det enkelte emne kan være, både økonomisk og materielt, før det betragtes som sort arbejde.

For der er vel ikke noget at sige til man giver en "skilling" i kompensation for brug af vand og sæbe, så en hjælper kan gøre sig selv og materiel ren, hvis vedkommende f.eks. har hjulpet én med at skifte hjul på bilen, eller noget tilsvarende. Derudover kan det siges, at hvis nogen tømmer ud i private ting for at sælge effekterne via genbrug på nettet, så vil dette nok kunne betragtes som værende uden for grænsen til moms og skatte registrering, selvom en eventuel fortjeneste vil være til stede ved salg af ting der evt. er blevet antikvarisk.

Men bortset fra førnævnte, og i relation til markeder i sin helhed, vil der formentlig foregå et større salg af tøj, sko og en masse andre ting sådanne steder. Salgene vil der nok blive betalt lidt, ja højst sandsynligt meget lidt moms og skat af. Underholdning samt lidt godt til ganen, vil der sikkert også være et rigt udbud af når folk samles til nævnte markeder, specielt når foretagendet finder sted i det fri hvor stole og borde kan sættes op, så købte godterier af den ene eller anden slags kan nydes i det behagelige område.

Og sidst på året, allerede i september måned skæres gran ned, for at blive solgt til pyntegrønt. Lidt senere bliver de grønne grene sammen med træer og fødder, samt udsmykning dertil selvfølgelig også solgt. Folk der føler sig adrætte og eventuelt kommer i kontakt med plantageejere, kan formentlig tjene en del sorte kroner på dette arbejde. Blandt sælgerne vil der nok være ærlige forhandlere, men muligheden for at der også vil være nogle som putter en del af fortjenesten i egen lomme, vil ganske givet også være til stede.

Et emne som godt nok hører til i de mindre økonomiske kategorier er "taxikørsel". På dette område er der personer som ved siden af deres arbejde, understøttelse fra A-kasse, eller social hjælp fra det offentlige, også indkasserer ulovlige penge ved at være chauffør på "sorte taxier" altså egne biler, specielt aften og nat. En sådan beskæftigelse er naturligvis en juridisk fordømmelse, og som tilføjelse kan der med væmmelse siges, at personer der bevidst gør sig "fortjent" til hjælp fra det offentlige i den tid de ellers kunne have arbejdet på legal vis; bedriver dobbelt snyderi.

Men for at se det hele fra en anden vinkel end nyderens, er det ikke til at forstå at mennesker der laver sorte penge vil være det bekendt, når enhver burde kunne "se", *hvis man vil*, hvor godt vi alle kunne have det, hvis hver især betaler skat af sin indkomst! Det vil som antydet være alle, også de der ikke snyder mere, der vil være blandt dem som kan nyde godt af den fælles indkomst samfundet får.

Skønt jeg, altså skribenten, ønsker at finde en "faggren eller gruppe" hvor ærlighed har første prioritet. Ja så er det, så vidt jeg kan se vanskeligt sådan lige at få øje på et objekt der passer ind i billedet.

I relation til dette emne kom jeg tilfældigt til at tænke på pelsindustri. Noget af det første jeg så ved at surfe på internettet, under emner som pels, smugling etc., var at et firma, dannet af et familie-dynasti helt ude i Kina, dukkede op som smugler. Som bekræftelse på dét, at lave sorte penge er et globalt fænomen, viser det sig at dette firma bl.a. er storkunde hos et dansk firma der på ærlig vis sælger minkskind. Skindene er altså købt helt ærligt i Danmark, men derefter forsøgt at smugle ulovligt ind i det kinesiske rige.

Men nok om det, og for at tage et helt andet eksempel, noget som de fleste betragter helt normalt - og som mange også jævnligt gør. Det er at handle legalt, på den anden side af grænsen. Det er f.eks. muligt, via et online system, fra sin mobiltelefon at kontakte en butik på den anden side af grænsen (i dette tilfælde, Tyskland). Når man har gjort det, kan man bestille et udvalg af varer for derefter at hente det i sin egen bil, hvad enten man er på den ene eller den anden side af grænsen når varerne bestilles.

Har man bekendte med hang til øl, vand eller for den sags skyld søde sager, kan man køre i én bil og fylde én trailer, fordi hver enkelt person står til ansvar for sin del. En sådan "håndfuld" af kammerater kan på den måde gå forbi skattevæsenet med en hel del kroner, og samtidig få fornemmelsen af at "loven" giver dem et klap på skulderen fordi de netop følger de regler der er sat af myndighederne.

Det er nu ikke altid at folk følger de anviste vejledninger, de kan sagtens finde ud af det på individuel vis, nogle gange endda ulovligt. Ifølge medierne bliver der nemlig med jævne mellemrum smuglet større mængder alkohol, og endnu større mængder af cigaretter over grænsen. Så på årsbasis er det samlet "i bunkevis af kroner" der går den danske stat forbi.

Ovennævnte måder at føre et asocialt liv på, er nu kun et fåtal af de muligheder der findes. Ikke desto mindre er det i hvert enkelt tilfælde, både en kynisk og usolidarisk måde at demonstrere sin snilde overfor sig selv, sine "venner" og familie. Det med at handlingen er usolidarisk, og berører os alle, kan efter min vurdering belyses med et gammelt ordsprog som siger:

"Mange bække små, gør en stor å".

Det vil med andre ord sige at disse "små" gerninger, hver især er en del af den store mængde der sørger for at folk, der er registreret i skattevæsenet betaler temmelig meget bare for at få samfundet i sin helhed, til at løbe rundt.

Det at "mindre" snyderier kun udgør en part af de manglende skattekroner der kunne gøre livet behageligt for os alle, kan ved eftertanke henlede tanken på at det nok desværre kun er den synlige del af "isbjergets" top, der ses.

Prøv engang at forestil dig følgende sekvens: Situationen er at flere personer skjuler formuer på udenlandske konti. Det kan være alt fra småhandlende der ikke betaler moms af nogle beløb for at sætte beløb fra til sig selv - til globale selskaber der på trods af landegrænser trækker underskud fra overskud i andre lande. De enkelte lande snydes i sidstnævnte tilfælde, på finurlig vis, for millioner af kroner i skat. I begge tilfælde er det som tidligere udtrykt: Personer der er totalt ligeglade med hvordan det går alle andre, når bare de selv har det godt, både nu og i den kommende tid. **Skattesnydere i højeste format**.

Men bortset fra alle dem der løber udenom skattekisten, er der lige et andet emne der bør tages med i betragtningen af den slunkne statskasse vi har.

For ifølge en artikel som JydskeVestkysten formidler tirsdag 20/1-15 og som alle og enhver har mulighed for at læse, skrevet af Lisbeth Quass, Berlingske Nyhedsbureau. Ja gennem de informationer man får kan man med fri fantasi konkludere at "toppen af isbjerget" ikke kun drejer sig om, at det er privatpersoner eller forretningsor-

ganisationer, der er skyld i den slunkne stats-
kasse. Følgende indlæg af føromtalte skribent
udtrykker nemlig:

"Staten er til grin for sine egne skattepenge"

(De følgende oplysninger er citater fra aviser eller
simpelthen bare reelle oplysninger fra samfundet,
og bør betragtes som sådan, altså med mulighed
for at der er mangler i trykningen, og fejlinforma-
tion)

Efterfølgende bemærkning er en oplysning som
bl.a kan læses i et notat i "Berlingske" 20 januar
2015.

"Reglerne skal ændres, så staten kan sortliste
skattefiflende selskaber, mener politik- og kam-
pagnechef i udviklingsorganisationen IBIS".

En anden, måske mere uddybende bemærkning
fra omtalte kampagnechef er ligeledes gengivet i
Viborg Stifts Folkeblad af førnævnte Lisbeth
Quass, Berlingske Nyhedsbureau:

"Reglerne bør ændres, så det ikke længere er
muligt for multinationale selskaber at sende penge

i skattely, som teleselskabet 3 ifølge lækkede skat-
teaftaler gør."

Sådan udtrykker Lars Koch, politik- og kampag-
nechef i udviklingsorganisationen IBIS altså sin
mening. Og ifølge den information man kan få om
IBIS arbejder denne organisation med at stoppe
skattesnyd, og uretfærdigheder i det hele taget i
ulande hvor nogle selskaber forsøger at unddrage
sig skattebetaling."

(Men tag lige oplysningen om teleselskabet 3
med sindsro for tænk på de oplysninger man kan
hente i tidligere nævnte artikel som er gengivet i
flere medier, stadig skrevet af Lisbeth Quass. Efter
manges mening er det sandsynligvis lige den
hjælp, omsorg og støtte skattevæsenet har givet
3, som skaber konfrontationen da 3 jo efter
danske love har en gyldig tilladelse til ikke at
skulle betale skat i Danmark.)

De efterfølgende ord af Lars Koch som jo også er
en oplysning fra JydskeVestkysten, viser den vre-
de og frustration der gives udtryk for.

Citat fra Lisbeth Quass´s artikel, om hvad Lars Koch siger:

"Staten er til grin for sine egne skattepenge, når man bruger skattepenge til at handle med selskaber, der har lavet en selskabskonstruktion for systematisk at undgå at komme til at bidrage til statskassen"

Som jeg forstår Lars Koch´s ord sammenholdt med de øvrige oplysninger i ovennævnte artikel, ja så er det fordi at staten, fra et tidspunkt i 2011 gav selskabet 3 eneret på levering af bredbånd til statslige institutioner. Der blev slet ikke taget hensyn til at teleselskabet havde tjent knap halvanden milliard kroner i Danmark. Penge der ikke blev krævet skat af.

Men lad os prøve at se på en anden af de meddelelser artiklen i Viborg Stifts Folkeblad som Lisbeth Quass stod bag, kan føre til af tanker. Der siges at Politiken og en række udenlandske medier sidste år gjorde opmærksom på at de første hemmelige skatteaftaler blev lækket af revisionsfirmaet PwC. Hvis jeg husker rigtigt så blev der i en udgave af Politiken sagt at det var 3s skattekonstruktion, der skulle blotlægges. Og det lader, efter Lars Kochs udsagn til at der igen var/er tale om en udspekuleret model, som er vældig god for teleselskabet 3, mens de danske skatteydere må betale gildet.

Der vil nu komme flere bemærkninger som jeg, ud fra hvad jeg har læst, mener er Lars Kochs synspunkt. Teleselskabet 3 skulle have lavet samme konstruktion til skjul af skattepenge, som en række andre selskaber har lavet, f.eks. at have placeret et moderselskab i Luxembourg. Dette selskab kunne så låne penge til 3´s selskab og andre lignende europæiske selskaber, som så vil gøre det muligt for selskabet 3 at registrere en enorm udgift af renter. Den komplicerede placering af penge vil så gøre at selskabet hverken har eller får en gæld til den danske statskasse.

Citat fra artiklen der bliver henvist til i Jydske-Vesttkysten, skrevet og af Lisbeth Quass:

"Finten er ifølge Politiken, at 3 gennem PwC har aftalt med Luxembourg, at teleselskabet kun skal betale skat af 0,0156 procent af renteindtægterne før de lander hos ejerne i Hong-kong".

Derudover er der lige et udsagn fra Lars Koch jeg vil gøre opmærksom på. For efter hvad jeg mener at have fået information om, har han sagt noget i retningen af, at det er en temmelig smart ordning selskabet 3 har lavet, fordi selskabet jo så slipper for at betale skat. Men ikke desto mindre betyder det så at nogle danskere er tvungne til at have en større udgift på skatteområdet, og at der desuden opstår et dårligt konkurrenceforhold til andre teleselskaber.

Uanset konkurrence eller ej skal det ud fra den overbevisning jeg har, tilføjes at andre teleselskaber i Danmark betaler skat. Men i tillæg til ovenstående kan det siges, at selv den danske stat, og dog, måske det er bedre at udtrykke det som politiske personer, eller grupper der i stats-øjemed gør brug af egne idéer til investering af skattekroner i forretningsverdenen. For eksempel salget af en del af DONG til Goldman Sachs.

Med hensyn til de investeringer der er gjort i eller gennem Goldman Sachs, skriver Politiken 27/11-14 at danske pensionsselskaber kun kan købe aktier i Dong via Goldman Sachs – skuffeselskaber på Caymanøerne, der er et berygtet skattely.

Men i modsætning til hvad der kan investeres og forrentes i store organisationer, må man ud fra egne tanker bedømme om der ydes personlig, eller ideologisk modstand, assistance så skattevæsenet forbydes adgang til private domæner. Og det endda på trods af, at der kan være mistanke om at der udføres sort arbejde disse steder. En højtstående politiker, Brian Mikkelsen pointeres b.la. gennem Ritzau 05.02-15, for at have udtrykt: "Det mest indgribende en offentlig myndighed kan, det er at trænge ind på folks private grund. Det er en forudsætning i grundloven, at ejendomsretten er ukrænkelig".

I notatet **Skat jagter sort arbejde...............,** som der netop er givet oplysning fra, udarbejdet af Ritzau 05.02-15, ser det ud som om at grundloven kan fortolkes som om der ikke er mulighed for en kontrol af om staten bliver snydt eller ej, formentlig heller ikke engang i tilfælde af at der foreligger en mistanke.

I forbindelse med sidstnævnte udtrykkes der samtidig, at der er en tendens til at Skat ikke længere er et serviceorgan, der respekterer at borgere som udgangspunkt har ret. I følge dette synspunkt tvivler skat altså på, at alle personer er ærlige.

I relation til dette er der noteret i "Økonomi" en del af politikken, at Skattevæsenet automatisk modtager oplysninger om borgernes økonomiske forhold fra banker, realkreditinstitutter, arbejdsgivere, pensionsselskaber etc. Ovenstående er skrevet til avisen af politisk reporter Jesper Hvass 8 marts 2012, og i samme information oplyses der også at der stadig er forhold som borgerne selv skal indberette eller tilpasse i årsopgørelsen.

Derudover henvises der i samme skriveri også til en rapport fra Skat som viser at, citat:

"Statskassen mister 1,1 milliard kroner i provenu på grund af fejl. I den høje sum, skyldes 300 millioner af disse kroner, decideret snyd."

Paradoksalt når grundloven tages i betragtning, som der tidligere er henvist til, synes enkelte af de personer der mener at vi skal leve bedst muligt, ikke at svindlere skal straffes fordi andre gør opmærksom på at de har er en gæld til samfundet.

Noget andet er, hvilket jeg erindrer, at der i et nyhedsoverblik TV2 gav på e-mail blev oplyst, at Skat ignorerede en kæmpelækage af gemte danske formuer. Følgende referat er nok værd at have i minde når selviskhed bringes på tale:

Der blev nemlig 8. feb. 2015 gennem avisen Politiken gjort opmærksom på af John Hansen og Jakob Sorgenfri Kjær, Citat:

"En midaldrende kvinde med bopæl i Danmark skrider en oktoberdag i 2005 ind i HSBC´s schweiziske bankfilial i Genéve. Hun har et møde med sin rådgiver om, hvordan hun bedst holder et tocifret millionbeløb uden for de danske skatte-myndigheders søgelys. Da hun forlader banken igen, har hun åbnet en ny bankboks for 350 schweizerfranc om året. Og så har hun hævet 100.000 danske kroner i kontanter.

Lige et indslag til fra skribentens side. For ikke nok med at ovenstående sag, på lige fod med mange andre vil blive undersøgt på kryds og tværs, skal det jo også tages med i beretningen at de mange undersøgelser naturligvis afholdes af staten, underforstået skatteyderne. En sådan

tjeneste bringes ofte til ende, hvad enten skatte-
snyderen leverer kroner i kassen - eller sagen
bliver lagt til efterretning, altså hen i det uvisse,
men til eftertanke uden konsekvens. Den bliver
nok føjet til Skats viden som en rettesnor til at tage
ved lære af. **Endnu engang**.

Et andet eksempel som også kan læses på
internettet, bør ligeledes tages i betragtning når
der er snak om skattesvindel. Der skrives i
fyens.dk:

Citat af Ritzau 12/2-15: "Hul i loven freder
udenlandske momsskyldnere"

Som undertitel skrives der at Skat ikke må bruge
oplysninger der kan fælde en del af de uden-
landske firmaer, der unddrager sig dansk moms."

Efter at have læst andre informationer mener jeg
at huske at der bliver gjort opmærksom på, at
udenlandske e-handelsfirmaer der ikke betaler
den moms de skal i Danmark, kan læne sig roligt
tilbage, i hvert fald lige i øjeblikket. Det er ellers
muligt for Skat at spore nogle af skyldnerne ved
hjælp af de danske køberes kreditkort, men på

grund af et hul i lovgivningen, må Skat ikke bruge kreditoplysningerne i momssager. Så hvad dette angår, er problemet i denne sag, at det af loven på skatteområdet kun fremgår, at de indhentede oplysninger om hvor danskerne har handlet i udenlandske web-shops kan bruges til skatteligningen.

Det må dog siges at i Foreningen for Dansk internet Handel, er administrerende direktør Annette Falberg målløs over situationen.:

Citat fra hende, noteret på internettet i fyens. dk: "Det er simpelthen tåbeligt. Vi er lamslåede over, at det kan lade sig gøre at spore pengene, men at det på grund af en teknikalitet i loven ikke er muligt at opkræve dem".

Parallelt hermed, i relation til netop omtalte emne, set på internettet i fyens.dk, lyder omtrent de samme toner fra Dansk Erhverv, der i et estimat baseret på Skatteministeriets egne tal fra 2013, vurderer at Danmark årligt går glip af 700 millioner kroner fra udenlandske firmaer, der unddrager sig momsen.

Det med at unddrage sig momsen, kan efter skribentens side foruden ovennævnte tilfælde, formentlig dreje sig om milliarder af kroner, i Danmark.

De kommende oplysninger er også fremsat i TV2´ nyhedsoverblik. Der gøres opmærksom på at en af de ovennævnte informationer er taget fra detaljerede oplysninger, der dog kun er en lille del af en gigantisk læk af fortrolige oplysninger fra verdens næststørste banks schweiziske afdeling. Informationerne er ikke bare oplysninger få personer har fundet frem til, for som der er beskrevet i Politiken har denne avis via et samarbejde med Le Monde og International Consortium of Investigative Journalists fået adgang til førnævnte HSBC-liste, der i alt rummer 106.456 kunders data, især om deres indestående på i alt 666 milliarder kroner i årene 2006-7.

Der findes også en oplysning fra "Informationen" om HSBC-banken som lyder: "Den tidligere nævnte midaldrende kvinde er blot en af de 329 danskere på listen, der på daværende tidspunkt tilsammen havde 4,8 milliarder kroner stående i HSBC-banken i Schweiz."

Yderligere oplysninger bekendtgør at landet, Schweiz, med særlige love på det økonomiske område, simpelthen beskyttede kunderne mod at andre kunne få noget at vide om kontiene, og dermed få oplysning om hvor pengene kom fra - og hvor de gik hen. Informationerne om kunderne blev formentlig kopieret og lækket fra banken af en tidligere it-tekniker. Her var det så at de franske skattemyndigheder i 2009 fik fat i den lækkede liste, med det til følge, at det førte til en efter-forskning af de skjulte beløb som formodentlig havde stået model til skatteunddragelserne.

Frankrig fik altså tag i listen fra HSBC og holdt den for sig selv indtil året efter hvor en lang række andre lande fik oplysningerne udleveret med det resultat, at der derefter blev hentet skatteindtægter for et tocifret milliardbeløb da baggrunden for und-dragelserne kom frem i lyset.

For eksempel har autoriteterne på skatteområdet i Belgien, ifølge Politikens oplysning, indkrævet et beløb der udgør en sum på 3,2 milliarder kroner.

I følge de oplysninger jeg har kunnet finde, mens dette bliver skrevet, har skattemyndig-

hederne på det danske felt ikke foretaget sig det fjerneste for at få listen udleveret.

Ved et syn i bakspejlet har tidligere skatteminister Benny Engelbrecht udtalt, at det synes uforklarligt at man har valgt ikke at indhente informationer om unddragelserne, da de blev stillet til rådighed for andre lande. *Som skribent vil jeg synes at et af de bedste spørgsmål at stille vil være:* **"Hvorfor blev oplysningen så ikke fulgt op med det samme"?**

Skats direktør kan efter mine oplysninger, i følge nyhedsmediernes information, heller ikke forklare hvorfor myndigheden aldrig bad om at få de afslørende oplysninger udleveret.

Et andet emne som naturligvis også drejer sig om sorte penge udtrykker, at man for eksempel på internettet ved surfing om den slags penge, kan finde oplysning om at der i Børsen "FINANS" 6/1-2012 er skrevet en artikel af Simon Kirketerp med oplysning om at Arbejdernes Landsbank ikke har styr på sorte penge. Hvad der findes af andre oplysninger i Simon Kirketerp´s indlæg i Børsen FINANS kan man finde information om ved at læse artiklen, såfremt man har interesse i at vide det.

En af oplysningerne kan dog ses her, for parallel med nævnte information konkluderer Finanstilsynet efter en inspektion i banken, at banken ikke har efterlevet kravene i hvidvaskloven. Citat fra Simon Kirketerp lyder:

"Finanstilsynet anser i særlig grad bankens manglende overvågning af kundetransaktioner for alvorlig. Dette skal ses i sammenhæng med, at banken efter Finanstilsynets vurdering ikke indhenter tilstrækkelige oplysninger om kundens formål med forretningsforbindelsen, konkluderer Finanstilsynet."

I denne beretning, er det dog ikke af så stor en betydning hvad pengene bliver brugt til, men der håbes på at banken i de år der er gået indtil nu, har fået mere styr på, om sorte penge legaliseres. Finanstilsynet gav nemlig banken påbud om at bringe forholdene i overensstemmelse med kravene i hvidvaskloven, inden for en fastsat tidsfrist. Fristen er sandsynligvis overstået, så forhåbentlig beskytter banken ikke mere sorte penge, hvilket der sandsynligvis heller aldrig har været menigen fra de ansvarliges side!

Men for lige at gøre opmærksom på lovlighed, et begreb som alle og enhver bliver udfordret af, kan det siges at i forbindelse med at skattevæsenet ikke rigtig kan give udtryk for hvorledes det går til at kronerne siver ud mellem "fingrene", er det ikke så vanskeligt at forstå meddelelsen i nyheds- oversigten på TV 26/3-15. Der blev det fortalt at skat´s It-system ikke har givet information om en forældelsesfrist der hindrer skattevæsenet i at kræve tilgodehavender. En information Skat jo må have ligget inde med i nogen tid siden forældel- sesprocessen kunne gå i gang. I 2013 drejede det sig om ni hundrede millioner kroner, hvor det i 2014 var steget til "bare" 1,3 milliard kroner.

Med hensyn til administration, eller måske indsigten i skattevæsenets foretagender, er der vist mangel på kompetence hos den afdeling hvorunder gennemsynet af udenlandsk investering ligger. Det lyder i hvert fald mærkeligt at der ligefrem skal komme et "tip" fra udenlandsk side (omtalt i TV-avisen 25/8-15) for at skattevæsenet registrerer en manko, altså penge der er blevet snydt for; en svimlende sum på 6,2 milliarder kroner.

Endvidere gives følgende oplysning i TV2 News 14/9-15 om, at inddrivningssystemet i skattevæsenet ikke fungerer, og at en samlet gæld på 70.000.000.000 kr. ikke kan fyldes i den danske statskasse pga. hvad der ironisk kan kaldes en simpel fejlinvestering af omtrent 1.000.000.000 kr. Disse kroner er vel nærmest brugt af dem, staten allerede har fået i skattekassen.

Derudover oplyses der på TV2news, 22/9-15, samt senere oplysninger fra samme kilde, at direktøren for hele skattevæsenet har modtaget en bonus på 100.000 kr. for at få det fejlbare system, kaldet EFI, taget i brug skønt flere it-folk allerede havde nævnt at systemet er fyldt med fejl.

Disse 100.000 kr. i bonus bliver naturligvis også plukket ud af det indsamlede antal skattekroner. Mange folk vil nok nærmere mene at omtalte direktør, i stedet bør betale en stor, ja meget stor bøde for at stille op med en manglende kompetence på det omtalte område.

Med hensyn til misbrug af skattekassen kommer der jo nye afsløringer, eller mangel på kompetence næsten dagligt – der er, alt taget i betragtning ikke noget at sige til at den danske skatteprocent, er så høj som den nu engang er.

Ovennævnte summer giver en utilpashed at skrive om, så lad os for et øjeblik gå "ned" til mere håndterlige summer. Og som information til interesserede kan det siges, at på trods af de mange fiduser der kan hentes på internettet er det ikke let for menigmand at få overblik af de muligheder der er til misbrug af statens rådighedsbeløb. Men til gengæld kan det oplyses at hvis en person derimod ønsker at berige sig på andres bekostning, ja så er muligheden stor for at hente oplysning om dette emne, på det selvsamme net.

I forbindelse med det der er udtrykt, vil nogle måske lade tanken løbe i retningen af, at beretningen her, er skrevet af en bitter mand uden lyst eller penge til at investere i ulovligheder. Men nej, bortset fra manglen på penge har udsagnene intet med personlig engagement at gøre. Det er simpelthen bare information om, at en mængde personer går gennem livet på en hyklerisk måde, altså gemmer sig i et "svindelkostume".

Samfundet mister milliarder af kroner på den selviske opførsel nogle mennesker har. Personer der er aktive i at konstruere mankoen i stats-kassen burde skamme sig noget så frygteligt, i stedet for at nogle af dem sandsynligvis er stolte af deres formåen. I dumhed nægter disse mennesker realiteten af, at det er deres nærmeste "venner, familie etc." - altså at alle er medlemmer af samfundet de snyder, og faktisk skylder penge. Der er selvfølgelig også dem som ingenting siger, vedkommende nyder simpelthen bare den formue andre har skabt til dem.

Men for at komme tilbage til udgangspunktet af denne beretning hvor en del af titlen er "og hvá så". Ja så vil det faktisk være betydningsfuldt at notere sig, at pengene til den velfærd alle burde leve med- og i, blev stjålet af en mindre del af befolkningen. Selvfølgelig vil der lyde protester fra de mindre indtægter som: Pengene der ryger lige i lommen vil for den største parts vedkommende blive brugt til ting og sager der betales både skat og moms af. Ikke desto mindre er der en gang

blevet snydt, og denne adfærd kan ikke und-
skyldes med at der senere vil blive betalt diverse
afgifter til staten. For lige at symbolisere det der er
foregået, kan man jo da heller ikke undskylde en
kørsel over for rødt lys, med at man har set andre
gøre det uden at de har mærket konsekvenser af
handlingen.

Som indledning til næste afsnit skal der dog
spørges om en vigtig ting, nemlig. Hvad består
den manglende velfærd egentlig af?

Ja når man tænker sig om, indser man at det
faktisk er et vanskeligt spørgsmål at besvare. Selv
politikerne er uenige i fortolkningen af dette punkt,
hvilket jo indebærer at ordet velfærd opfattes på
forskellig måde i forhold til, hvad det skal dække.
Fra min side vil jeg dog give et udpluk af hvad
"velfærd" i materialistisk og komfortabel hense-
ende kunne betyde. Ikke desto mindre vil jeg
straks sige at det mentale aspekt, så sandelig
også må vægtes skønt den part af helheden er
umålelig.

De manglende skattekroner kunne for eksempel
bruges til en nedsættelse af den procentsats de

registrerede skatteydere må stå til mål for, hvilket i sig selv vil yde en personlig tilfredshed. Derudover vil dyre behandlinger, ja sundhedsvæsenet i det hele taget, kunne gøre folk i almenhed tilfredse ved at der kan sættes yderligere penge af til forskning og forbedring på dette område. Hertil må der dog lige siges, at de ekstra penge på dette område forhåbentlig ikke bruges af enkelte læger til private indkøb, rejser etc. som der af og til bliver gjort opmærksom på i forskellige medier. Der vil nok også være råd til at alle, såfremt lysten er til stede, vil kunne købe deres eget hus og på den måde få/have tilladelse til at gøre eventuelle forandringer, måske tilbygninger, i stedet for at bo til leje i boliger hvor andre skummer fløden.

Højst sandsynlig, vil der også blive mulighed for at nedsætte den voldsomme skat/afgift på køretøjer så folk kan køre i den bil de har lyst til. I samme forbindelse vil der sikkert også blive råd til at forbedre vores vejnet. For slet ikke at tale om at folk også vil få råd til at tage sig godt og kærligt af deres ældste familiemedlemmer, både tidsmæssigt og materielt. Der vil ligeledes, i hvert fald efter hvad der kan skønnes, ikke være mangel på kroner når der skal lægges penge i kassen, til

underholdning, forplejning, etc. på samtlige pleje-
centre.

Foruden de eksempler der er pointeret, vil der
naturligvis også blive plads til tusindvis af andre
ting. Heriblandt bedre uddannelse og oplæring af
børn, lige fra vuggestue og videre op gennem
livet. Ja både information og udbedring af det
miljøsvineri vi ser overalt i verden, kan der tages
vare på, fordi pengene er til stede. I symbolsk
sammenhæng kan det sikkert være oplysende at
gøre sig tanker om hvilken mængde af penge de
store religioner sidder på, når disse penge er
"suget" ud af folk som tilligemed har måttet
underkaste sig troens linjer, hvilket bl.a. har ført til
mishandling af børn.

PS: Som det tidligere er nævnt og gjort opmærk-
som på, er samtlige beskrivelser hvor person-
navne træder frem i ovenstående beskrivelse,
hentet, eller citeret fra hverdagens medier.

Fremtiden

Læreren har netop rejst sig og står foran sit bord mens han kigger ud over klassens elever, men idet han begynder at sige noget ringer skoleuret for at gøre opmærksom på timen er slut. Han skynder sig derfor at fange alles opmærksomhed ved med høj røst, at overdøve den rumlende aktivitet der er begyndt hos dem der allerede er ved at fylde bøger i tasken for at bryde op:

"I relation til emnet om menneskets liv vi netop har talt om, skal I skrive en stil om den mulighed mennesket har for at få et længere liv, i fysisk henseende. Muligheden for sådan et liv skal være noget, der er videnskabelig belæg for at forudsige - eller i det mindste noget der kan blive aktuelt som følge af en logisk tankegang. Om handlingen tager udgangspunkt i noget I har læst, hørt eller blot tænker jer til, ja det er sådan set lige meget, blot logikken er til stede. I kan altså bruge ræsonnementer der ifølge jeres egen tankegang er logisk, eller I kan behandle emnet ved at henvise til den litteratur I tager informationerne fra. Gør som I har lyst, emnet er frit."

På et splitsekund drejer Mettes tankegang sig ind på den retning hun vil følge. Det ligger nemlig sådan, at siden hun havde hørt om de tanker veninden Laila havde gjort sig om livets længde da hun i et tidsskrift læste en videnskabelig beretning om netop dette emne. Ja siden den gang havde Mettes tanker gang på gang beskæftiget sig med emnet "udødelighed".

Så snart hun kommer hjem fra skole fortæller Mette sin mor om det spændende tema, hun har fået til opgave at skrive stil om. Moderen der selvfølgelig er ældre end datteren, ser på grund af nogle mindre rynker om øjnene alderdommen nærme sig, hvilket giver en naturlig interesse i emnet der drejer sig om så langt et liv som muligt. Så det er ikke blot ønsket om at glæde datteren der driver moderen, for hun har ligesom så mange andre, jævnligt haft ønsket om evigt liv. Både af den grund og kærlighed, støtter hun altså datterens glæde, ved at fordybe sig i emnet.

Gennem sit arbejde på biblioteket kan moderen, uden vanskelighed, bringe videnskabelige informationer med hjem. Mettes tålmodighed er dog ikke stor nok til at vente på de artikler moderen vil finde, og hun beslutter derfor straks at gå ind på sit værelse for at lave en disposition til emnet. Og i forbindelse med at hun lægger hjernen i blød for at danne "rammen" til sit skriveri, begynder tankerne at springe rundt i den viden hun allerede ligger inde med. Dette får hende tillige til at tænde sin computer så hendes viden kan opsummeres via de mange oplysninger der er at finde på internettet. For det ligger jo sådan at hun måske vil finde, eller opdage ting hun slet ikke har tænkt på, drejer hendes tanker sig ind på.

En af de ting tankerne strejfer, drejer sig om at hun mindes noget der ligger gemt langt ude i tankerne. Hun har nemlig hørt eller læst, at cellernes liv faktisk kan fortsætte i det uendelige såfremt omstændighederne er ideale. Helt konkret mindes hun, at cellerne reproducerer sig selv i løbet af en syvårig periode. Vi burde altså under givne forhold, kunne forny os selv i løbet af en syvårig periode og leve så længe omstændighederne tillader det, tænker hun. Måske endog evigt siger tankerne og hun noterer det straks som et punkt i sit kladdehæfte, og sætter samtidig ordet evig i parentes, for at minde sig selv om at dette emne skal studeres dybt da det fænomenale perspektiv synes meget interessant.

Mettes tanker bevæger sig derefter ind på et abstrakt spor, og får hende til at tænke på hvad et udødeligt liv kan føre til, ja de utallige muligheder der vil dukke op:

"Jeg vil kunne rejse hele jorden rundt, og lære alle folkeslag at kende, foruden at jeg også vil kunne lære at spille både violin og piano, selvom det højst sandsynlig vil tage en uendelig tid. Derudover vil jeg også have tid til at nyde min interesse med at studere skønheden i blomsters udvikling, fra knop til blomst. Ja der vil naturligvis også opstå mange andre ønsker, som for eksempel det at undersøge, eller måske ligefrem at studere hvorledes forholdet er mellem havets tusinder af liv. Ja for slet ikke at tale om, at vi mennesker måske kan finde ud af hvorfor vi er her. Er der en grund til at vi lever, altså en mening med selve livet – ja hvorfor skulle der egentlig ikke være det?"

Som følge af tanken om evigt liv, popper en anden tanke op i Mettes hjerne. Den indeholder oplysninger fra Laila, og de er nærmest som "skåret ud i pap" selvom de bogstaveligt er kopier på almindeligt A-4 papir. I informationen havde Mette læst en kommentar om menneskets forstand som biokemikeren Isaac Asimov havde givet.

Hun husker tydeligt at han havde nævnt, at menneskets hjerne, via dens kartotekssystem, er i stand til at rumme og udnytte en hvilken som helst mængde oplysninger et

menneske vil kunne lære og huske i et nuværende livs-
forløb - og en milliard gange mere endda.

Med Asimovs ytring i sinde, fortsætter Mettes tanker i
sporet om uendeligt liv, og hæfter sig ved den oplysning
der pludselig står så klar. Hun tænker:

"Er det ikke tankevækkende at menneskets hjerne kan
rumme en milliard gange flere oplysninger, end det er
muligt at samle sig på et helt liv, der varer 70-80 år?"

Det giver faktisk et lille sæt i Mette for hun må lige
med ét, sætte sin egen hjerne til at arbejde på fuld
styrke:

"Hvis der virkelig er mulighed for at leve uendeligt og
samtidig gøre sin viden kæmpestor, så må der ifølge
den første mulighed komme et tidspunkt hvor jorden
bliver fyldt, og der ikke er plads til flere levende
skabninger!"

Den uoverskuelige barriere gør hendes tankebane uklar,
men umiddelbart efter dukker endnu en tanke frem som
viser at sandsynligheden for at der vil vise sig en vej
forbi stopmuren, er stor. Så uden at lade sig standse af
barrieren slutter hun den blokkerende tanke af, med
bevidstheden om at cellernes levetid på syv år må have
en eller anden mening.

Øjeblikket efter beskæftiger Mette sig igen med
dispositionen og bliver på grund af parentesen hun har
lavet i optegnelserne, bevidst om, at hun skal have

tilføjet aspektet "evigt liv" til de punkter hun allerede har gjort. Muligheden for at leve evigt som pludselig dominerer tankerne får interessen til at blusse endnu mere op, og får hende til at fare ud til sin mor for at få hende til at se efter litteratur der omtaler cellernes levedygtighed, ja deres funktion i det hele taget, alt på dette område har simpelthen fanget hendes interesse.

Næste dag bringer moderen en favnfuld litteratur med hjem, som Mette kan bruge ved siden af det hun kan finde på "nettet" og straks fordyber hun sig i det oplysende materiale, stadig med cellernes levetid i tankerne.

Heldigvis havde skolelæreren også pointeret at der ville være god tid til at skrive stilen, fordi emnet skal belyses fra alle sider, så vidt det er muligt, altså ikke bare en opgave der skal sjuskes igennem på kort tid. Med lærerens kommentar i baghovedet tager Mette sig tid til at skimme litteratur igennem som egentlig ikke har rod i det evige livsforløb hun vil skrive om, men som findes i det materiale moderen har bragt. Ved en overfladisk gennemgang af materialet bliver én ting indpodet i hjernen, og et spørgsmål fæstner sig til yderlig gennemgang:

`Hvordan er mennesket blevet dannet, og hvordan kan udviklingsteorien efterprøves´?

Selvom Mette ved at hun ikke ligger på samme niveau, som de intelligente forskere der har givet deres udsagn, konkluderer hun at den mest nærliggende måde at efterse teorien om livets opståen og udvikling, må være at gå i dybden. Simpelthen undersøge det vidnesbyrd der findes om fossilerne, og se om der er foregået en gradvis forandring fra én art til en anden. Er der det?

Nej, for som hun ser i noget litteratur, så indrømmer en række videnskabsmænd ærligt, at det er der ikke. En af dem, Francis Hitching, skriver:

„Når man leder efter overgangsled mellem hoved-grupperne af dyrene, er de der simpelthen ikke."

Manglen på overgangsformer i fossil materialet er så åbenbar, at evolutionisterne har opstillet alternativer til Darwins teori om en gradvis forandring. Sandheden er imidlertid at dyrearternes pludselige tilsynekomst i de fossilførende lag ikke støtter udviklingslæren, erklærer Hitching. Han viser desuden at livsformerne er pro-grammeret til at reproducere sig selv nøjagtigt, og ikke til at udvikle sig til noget andet. Han har blandt andet sagt:

„De levende celler laver kopier af sig selv med så godt som fuldkommen nøjagtighed. Fejlgraden er så lille at ingen menneskelavet maskine kan måle sig med den. Cellerne har også indbyggede bremser. Planter når en vis størrelse og bliver ikke større. For eksempel er bananfluer ikke under nogen af de forhold der hidtil er blevet udtænkt, blevet til andet end bananfluer."

Mutationer som forskere har fremkaldt hos bananfluer i mange årtier, har ikke fået dem til at udvikle sig til noget andet. Det gamle spørgsmål om, hvem der kom først, hønen eller ægget kan jeg godt nok ikke besvare tænker Mette. Men selve spørgsmålet demonstrerer jo at der ikke vil være nogen tvivl om at de to skabninger hører sammen, og at der ikke pludselig kommer en kanin ud af det æg hønen har lagt.

Selvom det ikke lige er udviklingslæren Mette er interesseret i, kan hun ikke lade være med at læse videre, og konkludere: Spørgsmålet som evolutionisterne ikke har kunnet besvare uanset hvor mange overvejelser de har gjort sig gennem tiden, drejer sig faktisk om livets oprindelse. Spørgsmålet er stadig: Hvordan blev den første enkle livsform til, den som vi alle skal have udviklet os fra?

For nogle hundrede år siden ville dette ikke have været noget problem. De fleste troede dengang at fluer kunne udvikle sig af råddent kød og at mus kunne opstå af sig selv i en bunke gamle klude. Men for godt hundrede år siden påviste den franske kemiker Louis Pasteur at liv kun kan komme fra allerede eksisterende liv. Hvordan forklarer evolutionisterne så livets oprindelse?

Den mest populære teori går ud på at en tilfældig kombination af kemiske stoffer og energi fremkaldte liv spontant for millioner af år siden. Hvordan så med det princip Pasteur påviste? Et opslagsværk forklarer:

„Pasteur viste at liv ikke kan opstå spontant under de kemiske og fysiske forhold der er på jorden i dag. Men for milliarder af år siden var forholdene på jorden helt anderledes"!

Men selv under helt andre forhold vil der imidlertid være en enorm kløft mellem livløst stof og den enkleste livsform man kan finde.

Michael Denton siger i sin bog, Evolution: A Theory in Crisis: „Mellem en levende celle og det mest velordnede ikke biologiske system, for eksempel et krystal eller et snefnug, er der en afgrund så vældig og absolut som man overhovedet kan forestille sig.

"Muligheden for at livløst stof skulle blive levende ved en tilfældighed, er så ringe at den slet ikke eksisterer", føjes der til.

"Det lyder faktisk vældig interessant, og er meget inspirerende" siger Mette "mumlende" til sig selv, og lader et spejdende blik glide hen over bunken af litteratur endnu engang, men uden at tage fæste på noget bestemt. Hun tager med en tilfældig bevægelse noget af litteraturen op og kigger lidt i det.

Så efter endnu engang at have kigget lidt i de forskellige emner fra biblioteket stopper hun ved et religiøst inspireret notat og læser undrende:

"Til trods for de problemer der knytter sig til udviklingsteorien, bliver troen på en skabelse betragtet som uvidenskabelig og tilmed excentrisk. Hvordan kan det være? Hvad er grunden til at selv en autoritet som Francis Hitching, der er ærlig nok til at påpege svaghederne ved evolutionsteorien, forkaster skabelsestanken"?

Mette gør sig sine tanker, og undrer sig fordi Michael Denton forklarer at evolutionsteorien med alle dens fejl og svagheder fortsat bliver fremholdt som sand, fordi de teorier der er forbundet med skabelsestanken "viser hen til overnaturlige årsager".

Det er med andre ord dét, at skabelse forudsætter en Skaber der gør læren uacceptabel. Det er en cirkelslutning af samme slags som den vi støder på i tilfældet med miraklerne: Mirakler kan ikke finde sted fordi de er mirakuløse! Desuden er evolutionsteorien i sig selv højst tvivlsom fra et videnskabeligt synspunkt. Michael Denton siger videre: „Eftersom Darwins evolutionsteori i det væsentlige er en teori som indebærer rekonstruktion af historien, er det umuligt at få den bekræftet ved forsøg eller ved direkte iagttagelse, sådan som det er almindeligt inden for videnskaben....

Desuden beskæftiger evolutionsteorien sig med en række unikke begivenheder - livets oprindelse, intelligensens oprindelse og så videre. Unikke begivenheder kan ikke gentages og kan ikke underkastes nogen eksperimentel undersøgelse. Faktum er at udviklingsteorien trods sin store popularitet er fuld af huller og problemer. Den giver os ingen gyldig grund til at forkaste Bibelens beretning om livets oprindelse. Det første kapitel i Første Mosebog indeholder en fuldt ud troværdig beretning om hvordan disse „unikke begivenheder" der 'ikke kan gentages', indtraf i løbet af skabelsesdage der strakte sig over tusinder af år".

"Det er godt nok en voldsom bunke af oplysninger at forholde sig til" tænker Mette og fortsætter tankegangen med beslutningen om at se på hvad religiøse retninger mener om livets begyndelse, og meningen dermed. Det vil jo være rart at vide om skabelsen i det hele taget har fundet sted, for hvis det på baggrund af videnskabelige beviser kan konstateres at livløst stof kan få liv - ja så er chancerne meget store for at de religiøse tanker er tåbelige, men i modsat fald må "skabelsen" fortjene en nærmere undersøgelse.

Mettes tanker bliver efter en nøje vurdering, at så længe udviklingsteorien ikke har et videnskabelig bevis må enhver opfattelse tages seriøs. Og ved endnu en gang at kaste et blik på litteraturen på sengen, fanges interessen denne gang af en lidt speciel beretning om liv. Hun tager den frem og koncentrerer sig om oplysningerne, der ud over at være en videnskabelig kendsgerning, også bruges i religiøs afhandling af livslængde:

LIV OPSTÅR IKKE AF SIG SELV

I 1864 sagde den kendte videnskabsmand Louis Pasteur som både den medicinske og den kirurgiske lægevidenskab skylder meget, i en forelæsning ved Sorbonne universitetet i Paris:

„Mine herrer! Jeg vil gerne henlede opmærksomheden på denne (sterile) væske og fortælle Dem at jeg har hentet min vanddråbe ud af skaberværkets overdådighed, og at jeg har fyldt den med alle de grundstoffer der skal til for at underordnede væsener kan udvikle sig. Og jeg venter, jeg iagttager den, jeg spørger den, jeg bønfalder den om her for mine øjne at gentage den første skabelses skønne under. Men den er stum - og har været stum lige siden disse forsøg blev påbegyndt for adskillige år siden; den er stum fordi jeg har holdt den adskilt fra det eneste som mennesker ikke kan frembringe - fra kimene i luften - fra liv, for liv er et kim og et kim er liv. Aldrig vil læren om livets spontane opståen komme sig efter det dødelige slag som dette simple forsøg har rettet mod den."

Mette tænker på hvad det egentlig er hun har læst, og gennemgået i tankerne. Hendes tendenser hælder mere og mere i retningen af den slutning Louis Pasteur har givet udtryk for:

Liv kan kun komme fra allerede eksisterende liv.

Den konklusion Mette efterhånden er kommet til får hende til endnu engang at tænke sig om, med det resultat at hun på privat basis, **for at føle sig sikker**, vil sætte sine tanker op mod videnskabelige teorier om, hvordan livet er opstået. Hendes tanker falder igen på de teorier Charles Darwin har gjort sig. Teorier som ganske enkelt danner grundlag for livets udvikling på jorden. Mette kaster igen blikket på noget litteratur hun tidligere har skimmet:

Når folk tænker over spørgsmål i forbindelse med livets opståen, lader mange sig lede af følelser eller populære opfattelser. For at undgå dette og for at nå frem til de rette slutninger, må vi fordomsfrit overveje alle kendsgerninger. Selv udviklingsteoriens bedst kendte fortaler, Charles Darwin, var klar over at hans teori havde visse begrænsninger. I slutningen af sit værk Arternes Oprindelse skrev han: „Der er Storhed i det Syn paa Livet, at det, med dets forskellige Kræfter, af Skaberen oprindelig er bleven nogle faa eller en enkelt Form indblæst" - hvorved han gjorde klart at spørgsmålet om livets oprindelse stadig stod åbent.

Charles Darwin erkendte faktisk at der måtte stå en højere intelligens, Skaberen, bag livets oprindelse, tænker Mette. Ikke desto mindre synes hun at selv om forskeren Charles Darwin begik en fejl i bedømmelsen af menneskets tilblivelse, vil hun overhovedet ikke drage videnskabens resultater, i sin helhed, i tvivl. Ethvert veloplyst menneske ved at videnskabsmændene på mange områder har udrettet forbløffende ting.

 Den videnskabelige forskning har givet os større viden om universet, jorden og livet på den. De hurtige fremskridt inden for elektronikken har ført os ind i computeralderen, som helt ændrer vores tilværelse. Ja, forskerne har udført store bedrifter. De har endda sendt mennesker til månen og tilbage igen. Ja de har tilligemed planer om at sende folk til Mars, med det i baghovedet at nogle astronauter skal tilbringe resten af deres liv på en fjern planet, hvilket naturligvis indebærer nødvendigheden af at de skal frembringe både ilt, vand og føde. Når opsendelsen af en gruppe astronauter, som formentlig vil være omkring en snes mennesker er fuldført, vil der sandsynligvis blive dannet en ny form for tilværelse af disse mennesker og deres kommende børn, helt uafhængig af det livsmønster der følges på jorden i dag. Astronauter, læger & teknologiske genier af forskellig slags, disse mennesker som jeg under ét vil kalde astronauter. De vil uden tvivl, som den lille intelligente gruppe mennesker de vil være, gøre alt hvad de kan for at forlænge livsalderen.

Udforskningen, og livet i det mægtige univers går fremad. Om livet derude er muligt, vil de kloge hoveder snart blive klar over. Det er kun ret og rimeligt at have respekt for den forskning videnskaben står inde for da den i så høj grad har øget vores viden om alt det der omgiver os, lige fra de allermindste detaljer til universets uendelige vidde.

Som følge af tanken om de enorme afstande i rummet kommer Mette til at tænke på, at ham fyren der har konstrueret elbilen Tesla, også i forbindelse med sin interesse i rumforskning har udtalt sig om, at der ifølge hans planlægning skal etableres en by på Mars. Og selv NASA udtaler sig om at der findes flydende vand på den planet, hvilket efter videnskabens udsagn at dømme er en nødvendig forekomst for liv. Sandsynligheden for at intelligente mennesker kan forlænge livet, er ganske givet til stede.

Mette gribes endnu mere af sin "forskning" på det felt hvor ellers kun videnskabsfolkene har deres færd. Hun forlader også de tanker der bekymrede hende med hensyn til, om det mon virkeligt er muligt for astronauterne, i al fremtid at fremstille mad, ilt og hvad der ellers bliver brug for. Hun fokuserer i stedet på det læreren havde sagt:

"I skal skrive en stil der tager vare på menneskets mulighed for at skabe sig et længere liv."

Som følge af sin undersøgelse færdiggør Mette en disposition til sin stil. Efter dispositionen fastsat tænker hun videre: "Hvad enten læreren tror, at jeg er tosset, eller er blevet inspireret til skriveriet af den religiøse litteratur jeg har hentet nogle af idéerne fra. Ja så vil jeg skrive stilen efter den plan jeg har dannet. Stilen vil simpelthen komme til at dreje sig om det evige liv der ligger forude når de rette forhold er til stede, for der er jo af flere intelligente personer blevet sagt, at cellerne, kroppens mursten, fornyr sig sådan at de efter en turnus på syv år igen er som nye. Med den viden som grundlag kan man næsten ikke andet, end forstå det som om forløbet ingen ende vil tage fordi cellerne jo engang er blevet dannet på denne måde!"

Stilen vil altså, med videnskabelige udsagn komme til at handle om hvorledes menneskeheden har mulighed for evigt liv, hvis de rette forhold opnås, enten grundlaget er religiøst, eller om det har et videnskabeligt/teknologisk fundament. Men selvom Mette har besluttet sig for stilens indhold, gribes hun spontant af den frygtelige tanke hun tidligere havde haft:

Hvad vil der ske, når jorden som følge af det evige liv bliver overfyldt på grund af formering?

Som respons på spørgsmålet, svarer hendes tanker automatisk inden hun selv når at tage stilling til problemet: Der er jo, af intelligente mennesker fremsat en formodning om, at universets andre kloder kan bebos. Om denne proces vil ske i form af kontinuerlig forbedring på transportområdet som mennesker står for, eller om transporten vil foregå via en religiøs handling? Ja se, det vil tiden jo vise, for som den udbredte kristendoms manual, Bibelen, blandt andet siger i Åbenbaringen kapitel 21 versene 3 og 4, vil der komme en tid hvor bl.a. døden ikke findes mere. Måske er der virkelig en gud som oprindelig stod bag skabelsen af livet, og giver mulighed for evigt liv hvis de rette forhold genopstår. Indtil nu lader det jo da i hvert fald ikke til at videnskabsfolks utrolig mange forsøg har kunnet finde nogen løsning på at vi alle bliver gamle og dør. Så måske der virkelig findes en skaber, altså en Gud der ligger inde med løsningen på alle verdens problemer, og vil gøre det godt for dem som ønsker det.

"Jo´ - det må vel nok siges at være et spørgsmål om livsforlængelse der bliver behandlet her i stilen" slutter Mette tilfreds sine tanker af med.

Narko-boomerangen?

Jeg er alene hjemme, slentrer mod sofaen i hyggestuen for at ligge og tænke lidt over livets goder. For at nyde tilværelsen har jeg tændt stereoanlægget så der lyder en dejlig, men svag musik. Skønt mine fingre holder godt fat om glasset og øjnene gør det samme på symbolsk vis så jeg ikke spilder en dråbe, registrerer jeg en bevægelse udenfor.

Trods det at jeg næsten er fremme ved den lokkende hvileplads stopper jeg, drejer mig mod vinduet for at se hvad det er der vil fange mit blik. Jeg ser et par fugle som slår med vingerne. De kæmper sig gennem vinden, på vej mod ly i Vigelandsparken.

Det med at finde sig et skjul, synes jeg er en god idé. Grunden til at jeg er alene hjemme er fordi min kone er kørt til centrum for at iagttage hvordan folk klæder sig. Odd og Lucy, vores tvillingepar på nitten år, kommer og går som det passer dem bedst. Planen jeg i sin tid lagde for deres vedkommende, drejede sig om at de skulle have så god en uddannelse som mulig, koste hvad det ville. Og så vidt jeg kan skønne er den indtil nu blevet fulgt til punkt og prikke, for begge to er lige færdige med gymnasiet så de kan læse videre på universitetet.

Men bortset fra Karins lidenskab hvad tøj angår og børnenes uddannelse, er der ikke andet end fuglenes opførsel der bemægtiger sig mine tanker. Mit blik hviler stadig på trætoppene fordi jeg vil se om fuglene vender retur. De flyvende skabninger viser sig dog ikke, og som konsekvens af dette, trækker jeg på smilebåndet fordi jeg gribes af tanken om den vej jeg selv måtte gå for, at finde en plads i samfundet. Idet tankerne suser tilbage strammer jeg pr. refleks grebet om glasset, forberedt på at tage en ny slurk for at hente styrke, mens jeg tænker:

Hændelsen

Jeg voksede op på vestkysten fordi min far ikke ville forlade sit job som auktionsleder. Et job de lokale fiskere havde tilbudt ham, før jeg blev født. Af en eller anden grund, som kun han kendte, var han overbevist om at de højere magter havde hjulpet ham til et godt og fast job. Men da tiden kom hvor jeg skulle have en uddannelse, skete det via hans hjælp og befaling, helt uden at Gud blandede sig i det. Uddannelsen kom til at bestå i den erfaring jeg fik gennem flere års arbejde på en fiskekutter. Min løn, som var god, skulle efter fars ordre, fylde op i hjemmets slunkne kassebeholdning.

Det faktum, at naturens kræfter af og til, næsten kastede mig i havet til den visse død, rejste ikke mine forældres bekymring ud over, det økonomiske tab der ville komme. Den eneste kommentar far kom med var, at han var sikker på Gud ville tage vare på mig, hvis uheldet skete.

Meddelelsen opfattede jeg måske mere seriøst end den egentlig var ment, fordi han af og til udtrykte sig på en måde, der efter hans mening var humor. Ikke desto mindre kunne jeg ikke se det sjove i udtalelserne, og min fantasi beskæftigede sig konstant med en kamp for at overleve i det frådende hav. Frygten for havet, gjorde

at jeg med skippers hjælp fik lagt en sjat penge til side
hver måned, da jeg havde bidt mig fast i idéen om at
flytte hjemmefra når jeg kunne.

Som 19 årig forlod jeg vestkysten, til fordel for Oslo.
Det var bydelen Torshov jeg flyttede til. Med stolt mine
hæftede jeg mit navn, Christer, på døren. Planen om at
det var storbyen jeg skulle flytte til, opstod i forbindelse
med at jeg på et tidspunkt ville rejse dertil på ferie.
Mine forældre sagde nej til planen. De syntes det var et
unødigt pengeforbrug, men jeg stod fast på idéen.
Og heldigvis faldt jeg godt til blandt byens unge, selv
om havets hårde luft havde givet mig furer i ansigtet.
Udseendet havde, efter hvad jeg erfarede, dog den
virkning at jeg så ældre ud end jeg var. Facaden var slet
ikke så dårlig, for efter sigende blev jeg i forbindelse
med havluftens barske markering, betegnet som en flot
mand.
Vurderingen bevirkede at jeg følte mig godt tilpas i
midtbyen hvor der var et utal af cafeer, pubs og
natklubber. Jeg må have ført mig godt frem, for i
begyndelsen af den anden ferietur blev jeg tilbudt
arbejde som tjener på en café, hvor jeg i den første ferie
tilbragte mange timer. Bestyreren der tilbød mig jobbet,
havde muligvis tænkt:

`Jeg tror Christer vil trække unge damer til restauranten, og som følge af det vil der naturligvis også komme mænd som bruger penge´.

Tilbuddet om arbejde var lige hvad jeg kunne bruge, og jeg tog faktisk mod det før det sidste ord var døet ud. Aftalen blev at jeg skulle vende hjem og sige mit job op, hvorefter jeg skulle returnere og begynde som tjener. Dette førte så til at jeg købte lejligheden. Sideløbende med tanken bestyreren må have haft, tildelte de unge damer mig kælenavnet Don Juan.

I sammenhæng med, jeg af og til turnerede i byens natteliv med en af disse damer, gik det op for mig at jeg ikke havde den samme energi til langvarige fester, som den flere unge mænd var i besiddelse af. Erkendelsen af at jeg var bagud på det felt gjorde mig ked af det, og nogle gange påstod jeg, at jeg ikke havde lyst til at fortsætte ud på de små timer simpelthen for ikke at "gå under bordet" som det kaldes når man ikke kan klare mere. Rimelig hurtigt fandt jeg dog, gennem kvindernes pludren, ud af at den utrolige energi hang sammen med brugen af kunstige stimulanser. Det gik altså op for mig at den ekstra energi flere unge mænd havde skyldtes medicinmisbrug, afmagringspiller med en speedende effekt, ferietabletter som de kaldtes.

Stimulansen jeg fik øje på, viste et helt nyt område af det storbyen bød på. Og som følge af jeg var kommet til byen i forvisningen om jeg vidste alt, fik den nye viden min interesse til at blusse op i fuldt flor. Så snart det blev muligt lurede jeg derfor de erfarne rødders gøren og laden af. Jeg havde fået blod på tanden og ville ikke gå glip af noget. Det varede derfor heller ikke længe før jeg skaffede en forbindelse der kunne bringe mig det ønskede stof. Medikamentet havde dog den effekt at jeg blev hook på det, og inden længe tog jeg derfor det skridt, at jeg altid var i besiddelse af et strejf amfetamin "fattigmands kokain".

Lige fra begyndelsen var jeg faktisk gjort til misbruger uden at vide det. Jeg havde ikke tid eller lyst til jobbet længere, men holdt fast i det af nødvendighed. Ikke desto mindre blev jeg chokeret da virkeligheden gik op for mig, og nærmest som en provokation trådte egoismen frem. Andre skulle betale for den speed jeg brugte. For mig betød det ikke så meget hvem der købte, bare fortjenesten kunne bære mit eget forbrug.

Med hensyn til at jeg besluttede at pushe, var der nogle praktiske ting jeg måtte arrangere. Det tog heller ikke lang tid at finde en person jeg kunne låne penge af, godt nok til ågerrente men jeg kunne købe en større portion stof til en god pris. De næste tre-fire år synes jeg ikke der viste sig nogen ændring af betydning, udover at min levemåde forandrede sig på grund af en stigende om- sætning.

Hen mod slutningen af de år, kan jeg dog se at min egoisme var vokset temmelig meget. Det gik endog så vidt at jeg af og til drog bort fra verdens problemer ved at junke heroin. Men helt ærlig, jeg vidste at den vej førte til det mest pinefulde liv man kan tænke sig. Så som følge af omstændigheden trådte egoismen i kraft på en ny måde, da jeg følte at jeg i løbet af kort tid ville sidde fast på narkokrogen hvis der ikke skete nogen ændring.

Et eller andet, måske et solglimt, noget bringer mig tilbage til nuet. Muligvis er det et syn ovre fra parken. Bevidst ser jeg mig omkring, men bliver straks klar over situationen jeg står i. Det varer nu heller ikke mange sekunder inden mine tanker returnerer til fortiden: Jeg løb nemlig rundt i parken derovre, mellem turister og Vigelands skulpturer fordi jeg ikke ønskede at min krop skulle kollapse. Desuden lå det sådan at foruden styrkelse af konditionen, søgte jeg også efter idéer til at kunne slippe ud af afhængigheden til narko. Mit inderste ønske var simpelthen at blive uafhængig af stoffer selvom følelsen, når jeg var høj, gav nogle skønne timer. På en eller anden underlig måde stod følelsen af angst dog altid på lur i bevidstheden når jeg ville stå den besnærende narkotrang imod. Paradoksalt, var det angsten for at løbe tør for stoffer som gjorde det umuligt, at jeg kunne stoppe misbruget.

Den bedste måde jeg kunne udfylde tiden mellem fixene, var foruden motionering, indånding af frisk luft i store mængder. I den forbindelse var det at jeg på en jogging tur holdt hvil på en græsplet, både for at pleje mit trætte legeme, men også for at meditere over min tilværelse. Jeg sad og stirrede ud i luften, mens jeg nød mit åndedræt da en ung dame satte sig på hug ved min side, og udbrød:

"Hej, jeg hedder Karin – hva´ er dit navn" ? Uden at vente på svar, fortsatte hun: "Jeg har set dig flere gange i den sidste tid, hva´ er det du lurer på" ?

Jeg ville egentlig ikke fortælle noget om mig selv, men fattede interesse for pigen og greb tilbuddet mod ensomhed, hvad der fik mig til at svare med ord jeg syntes passede til situationen:

"Jeg hedder Christer, men lurer ikke på noget specielt. Hvordan med dig." ?

Hun svarede ikke, syntes pludselig at være optaget af andre tanker, så efter et øjebliks tøven gik jeg videre:

"Dette er sådan et dejligt sted, her kan man roligt sidde og fundere over livet selvom turisterne vrimler rundt om én."

"Det har du sikket ret i men jeg synes ikke, jeg skal være et bestemt sted for at tænke på mit liv, det er altid i tankerne…".

Hun standsede for at trække vejret men blev samtidig optaget af et svanepar der gled hen over vandspejlet i en knejsende positur. Synet holdt hende tavs en stund.

"Det var et godt svar du kom med" udbrød jeg, og fortsatte med spirende interesse for at holde samtalen i gang:

"Livet er skam også vigtig for mig, hvilket egentlig er grunden til jeg er her, og spekulerer på min situation."

Hvis hun hørte hvad jeg sagde, gik hun nærmest ud fra at jeg ville fortsætte, for hun forholdt sig tavs. Jeg ønskede dog ikke at samtalen skulle dø ud på grund af tavshed. Derfor kom jeg med et retorisk spørgsmål:

"Hva´ får jeg egentlig ud af livet? Måske går jeg bare og ødsler det bort til ingen verdens nytte. Hvem ved"?

Efter den korte beskrivelse af mit liv så jeg smilende på hende og kom med et aktuelt spørgsmål i relation til at hun kiggede på de to svaner:

"Kunne du ikke tænke dig at drikke en kop kaffe eller the sammen med mig?

"Jo´ tak meget gerne!"

Svaret kom hurtigt, men med en svagere stemme end den hun tidligere havde brugt, hvilket kombineret med kindernes rosa farve, viste at svaret klart belyste interessen for at lære mig at kende. Jeg lod dog som ingenting, og uden at henvise til forslaget om kaffe eller the, smilte jeg og nikkede mod de to svaner med bemærkningen:

"Se en gang på dem! De nyder livet, har ikke andet i hovedet end netop dét, at nyde tilværelsen".

Lidt senere efter jeg havde gentaget tilbuddet om drikkevarer, sad vi og nippede af de varme kopper samtidig med at jeg brugte lejligheden til endnu en invitation:

"Har du ikke lyst til at holde mig med selskab i aften, altså på min arbejdsplads? Jeg skal nok sørge for du bliver bragt helskindet hjem når du ønsker det! Naturligvis vil du også få hvad du kan drikke. Kvit og frit selvfølgelig"

I nød af penge havde jeg taget en ekstra vagt den aften. Men som følge af jeg ikke vidste hvad der ville ske hvis hun opdagede hvordan jeg levede, dukkede der på grund af min familiesituation, et glimt af retfærdighed op i tankerne. Jeg fortalte derfor lidt om mine forældre, og gjorde tydeligt opmærksom på den skyld de faktisk havde for at jeg opholdt mig alene i Oslo. Hun lyttede, og sendte mig et medlidende smil. For ligesom at stadfæste deres skyld fortsatte jeg beretningen med at fortælle om den afhængighed af narko de havde bragt mig i, samt lidt om handelen med stoffer til dækning af mit forbrug. Hendes syn på situationen var anderledes

end den mistænksomme holdning jeg forventede, temmelig positiv endda. Hun smilte og sagde:
"Christer, du er et selvstændigt individ, og det er kun dig selv der kan afgøre om du vil være afhængig af skidtet, eller ej? Du skulle selvfølgelig aldrig være begyndt med narko, men nu hvor du har fået øje på hvordan systemet fungerer, hvorfor så ikke trappe forbruget så langt ned du kan, og bare fortsætte med at sælge nok til at dække dit forbrug?"

Kommentaren der jo egentlig var et spørgsmål, gav mine tanker frit løb. Og mens jeg lod som om jeg var optaget af at spejde ned i kaffen, forsøgte jeg at holde rede på tankerne der rumlede rundt i hovedet. Jeg `så´ på hende med et andet blik, end dét jeg havde, før hun kom med sit bud på hvordan situationen kunne løses. Hurtigt traf jeg derfor en beslutning som fik mig til at smile lunefuldt, og svare igen på replikken:

"Det var faktisk slet ikke nogen dum ide det der, med at trappe ned og lade andre fortsætte med at betale mit forbrug!"
Jeg tøvede et par sekunder, men kom med et håb om fremtiden, skønt min stemme bævrede så meget at jeg hurtigt forlod emnet igen:

"Min fornemmelse siger, at vi kan få mange gode timer sammen hvis du er interesseret, men nok om det nu, lad os tale om det senere?"

For at komme ned på jorden igen, hvilket jeg tror, både var hendes og mit eget ønske, fortsatte vi med at drøfte dagligdags ting, uden at nogen af os kom ind på mit forslag. Men når alt kommer til alt resulterede hændelsen jo i at jeg lærte Karin temmelig godt at kende med det resultat at vi lidt senere flyttede sammen, og endnu senere fik børn. Ja det gik endog så vidt at vi giftede os. Og jeg var faktisk heldig, for Karin var egentlig bare en almindelig pige, der af og til flippede ud i andre miljøer end det kristne familieliv hun voksede op i.

Fortiden havde dog ingen indflydelse, vi forelskede os simpelthen bare i hinanden. Jeg husker at lige fra dengang vi lærte hinanden at kende, blev jeg så godt som revet ud af stoffernes greb. Jeg brugte kun lidt i ny og næ, men ønskede ikke at trappe det indbringende salg ned.

Udover glæden vi havde ved at møde hinanden, var det tydeligt for enhver at vores økonomi blev bedre og bedre. Forbedringen så ud som om det skyldtes at Karin beholdt jobbet i en tøjbutik og ikke bragte gæld med sig. En aften jeg havde taget fri fra arbejde, sad vi hjemme og hyggede os med en flaske vin. Pludselig spurgte Karin:

"Skal vi ikke ta´ og åbne vores egen tøjbutik, i stedet for, hver især at arbejde for andre?"

Jeg blev overrasket, hostede fordi jeg fik en tår vin galt i halsen hvorefter jeg så undrende på hende og spurgte tvivlende samt lettere fornærmet:

"Hva´ mener du – Tøjbutik! – Mener du virkelig at jeg skal sælge tøj, stå bag en disk og vejlede folk i brug af klæder"?

Hendes blik var afværgende, men på en måde alligevel tillokkende, for det indbydende smil bag blikket betød efter min forståelse, at hun ville gøre næsten alt for at jeg skulle gå med på hendes idé. Men jeg kunne alligevel fornemme at sagen skulle drøftes inden andet blev aktuelt, hun kom nemlig med et spørgsmål jeg måtte tage stilling til:

"Jo ser du – Jeg kan, ifølge diverse fakturaer bemærke hvor megen fortjeneste der er på de klæder jeg sælger. Hvorfor lade andre løbe med fortjenesten når vi selv kan gøre en god forretning, hvis vi vel at mærke tør tage chancen"?

Udfordringen og muligheden for at lave ærlige penge samtidig med jeg kunne glæde hende, gav mig selv en stor glæde. Min svage, men trods alt synlige bevågenhed steg og gjorde at jeg fortsatte samtalen med et konstaterende spørgsmål:

"Ser man det"?

Min spirende interesse gejlede Karin så meget op, at hun smurte videre på sin indledning med et begejstret udbrud:

"Jo jeg synes du snakker godt, du kan helt sikkert få enhver kvinde til at føle sig som topmodel i det tøj du præsenterer. Så efter du har skaffet tøj, vil jeg sælge det gennem den omtale du synes passer bedst til det enkelte stykke tøj"!

Mit engagement, og håbet om penge virkede sådan at jeg med en rask bevægelse rejste mig fra en halvt liggende stilling på sofaen, mens jeg stolt over hendes tillid spurgte:

"Mener du virkelig det Pus? Så må vi se om vi kan skaffe penge til opstart af det hele. Har du for resten fundet ud af, hvor vi kan leje en butik"?

Hun var forberedt:

"Ikke noget problem, jeg ved hvor der er et billigt lokale til leje, og det er i centrum. I øvrigt, som jeg var inde på før, er jeg overbevist om at du er den rette til at tale for en god sag, så jeg tror ikke det vil være vanskeligt for dig at leje den plads, men vi skal skynde os inden andre tager stedet!"

På grund af hun bekræftede tilliden til mig, så jeg ud i luften uden egentlig at se noget. Men i fantasien kørte jeg en prangende sportsvogn med klistermærket af en mannequin på bagskærmen. Straks efter vendte jeg dog tilbage til virkeligheden, og var klar over der var forskellige ting vi måtte have styr på inden vi i det hele taget kunne begynde på noget som helst. Med en praktisk holdning til sagen fulgte jeg drøftelsen op med et spørgsmål hun også måtte forholde sig til:

"Har du nogen ide´ om, hvor jeg kan henvende mig for køb af det vi skal bruge, og ligesådan, har du nogen anelse om hvor mange penge vi skal bruge til at starte en forretning"?

Hendes øjne strålede, idet hun sagde:

"Til de formål har jeg samlet oplysninger: indkøbssteder og forskellige adresser vi kan henvende os til. Jeg har det hele i en mappe. Jeg tror også at banken, der altid har taget sig af min families pengesager, vil være positive og låne os hvad vi får brug for."

Jeg blev smittet af hendes optimisme, hvilket bevirkede at jeg igen, denne gang forventningsfuld og samtykkende gav udtryk for min holdning:

"Ser man det? Det lader til du har tænkt på det hele."

"Jeg har såmænd bare haft øjne og ører med mig på jobbet"

Hun smilede, samtidig med hun fik en bestemt mine i ansigtet da hun fortsatte:

"Og jeg har utrolig længe tænkt på hvor skønt det vil være at blive min egen arbejdsgiver. Men selvom jeg siger jeg, har du selvfølgelig været med i mine tanker, siden vi mødte hinanden skat.”

Tanken om at Karin ville stå for selve salgsarbejdet fik min interesse til at stige endnu tak, og jeg spurgte ivrigt:

”Hvor ligger det forretningslokale, og hvor meget forlanges der i leje?”

”Det er ikke langt fra Nationalteatret og der er knyttet en lejlighed til, det hele koster efter hvad jeg ved, ikke mere end vi betaler for din lejlighed. Der er godt nok brug for lidt renovering, både i butik og bolig. Men sådan som det ser ud for mig, er det et virkelig godt tilbud. Hvad mener du”?

”Det lyder godt, men jeg ved ikke meget om renovering og ved heller ikke hvad jeg skal sige, men la´os se på sagerne!”

Karin så glad ud. Jeg tror, det er længe siden jeg har set hende se så lykkelig som i det øjeblik og hun hentede straks sin taske, fandt et telefonnummer hun havde stukket til side. Umiddelbart efter ringede hun til nummeret. Selv om hun fablende lidt i sin henvendelse, blev der alligevel aftalt en tid næste dag hvor vi kunne se stedet.

Fremtiden syntes pludselig sikker, og romantikken blomstrede. Jeg følte Karins intense kram som gav mig følelsen af at vi var, og altid ville være de lykkeligste mennesker i hele verden. Glæden ved at være sammen steg mens vi lod resten af vinen glide indenbords. Så selvom planen ikke ligefrem var at forøge familien, er det underligt at det ikke var den aften tvillingerne blev undfanget.

Oven på vores nyforelskelse fandt vi dagen efter frem til adressen. Stedet bestod først og fremmest af to rum til erhverv, hver især på femogtyve kvadratmeter. Men som Karin var informeret om var en lejlighed knyttet til erhvervs lokalerne.

Beboelsen var lille, femogtredive kvadratmeter, toilet og tekøkken indbefattet. Lejen for det hele var godt nok ikke så høj, men det ville, som vi kunne se, blive nødvendigt at renovere en hel del. Så trods det, at der var en del defekter var vi enige, tilbuddet var ikke dårligt og vi sagde jotak til tilbudet. Jeg satte vores hidtidige bolig til salg, og den side af sagen faldt ud på så heldig en måde at vi kunne flytte direkte fra min gamle beboelse og ind i den nyerhvervede lejlighed. Det eventuelle banklån, blev det ikke nødvendigt at søge om, for vi klarede os med de penge vi havde. Og som en part i den rimelige økonomi vi begyndte handelskarrieren med, fik vi de klæder vi startede med at sælge, på kredit fordi vi ikke havde gæld andre steder.

Og i løbet af kort tid viste det sig at Karin havde en større viden om beklædning end jeg var klar over. Ikke nok med at hendes intuition straks sagde hvilket tøj der ville klæde folk, hendes fornemmelse sagde også til hende hvorledes den kommende mode ville komme til at se ud.

Hendes glæde, kombineret med min egen lykke ved at have hende som kone, formindskede aktiviteten på narkomarkedet. Af den grund formidlede jeg kun stoffer til enkelte kunder fordi de var tidligere venner. Selvom kontakten med narko mindskedes blev jeg ikke helt fri af afhængigheden.

Men med hensyn til vores, eller rettere sagt Karins plan, som den havde været fra begyndelsen, var der kun dametøj i sortimentet. I relation til dette er jeg sikker på, at hendes viden og stræben efter så stor en kundekreds som mulig, skabte vores succes. Fremgangen var faktisk så stor at vi først sporadisk og spøgefuldt sagde til hinanden, at vores lokaler var for små til den omsætning vi havde fået. Den spøgefulde snak gik dog inden længe over i en seriøs samtale der handlede om, at vi skulle finde en måde at udvide butikken på. Det endte med at vi traf beslutningen om at udvide vores butik med endnu et salgssted. Det lokale vi skaffede til den nye butik, var godt og vel tre gange så stor som det sted vi allerede havde.

Den nye butik, blev begyndelsen til den forretnings-
kæde vi har i dag. Butikken lå i centrum og fik navnet
Skønheden. Karin måtte på grund af vi havde to
salgssteder, konstant opholde sig i Oslo, hvilket gik hen
og fuldførte hendes tanker om min del i arbejdet.
Det som hun i sin tid havde planlagt, var nemlig at jeg
skulle stå for indkøbene i Paris. Det ærinde havde hun
indtil da, klaret gennem bekendte. Fremgangsmåden
kom efter hendes forslag til at bestå i at jeg foruden en
rejse til den franske hovedstad, også skulle have en
basal viden om den franske kultur, specielt indenfor
moden.
Opgaven var noget af en udfordring, men den blev
tacklet ved at jeg i første omgang hentede viden om den
franske mode gennem et leksikon. Udover jeg inderst
inde syntes det var en rigtig hyggetjans jeg havde fået,
var det i øvrigt også rart at vide hvordan den franske
mode blev dannet.
Fra det femtende århundrede spirede den dominerende
mode i Paris. Jeg fik også oplysningen, at det var i
begyndelsen af det tyvende århundrede moden vandt
indpas i den kongelige kreds.
I informationen var processen frem til det attende
århundrede beskrevet i detaljer, med oplysningen om at
det første modeetablissement blev skabt under navnet
"Courier de la mode".

Parisermoden kombineret med industrien som den kendes i dag blev skabt af en engelskmand, med navnet Charles Frederick Worth, han boede i Paris.

Som et "puf" bloppede en tanke op i mit sind: `Hvis Charles F. Worth kunne hente profit i Paris, ja så kunne Christer fra Oslo også gøre det´.

Jeg bestilte en hotelplads til min jomfrurejse i tøj brancen. Vores børn kom for resten til verden mens vi etablerede den nye forretning. Karin fik pludselig véer. Det skete tre uger før beregnet, og vi måtte til fødeafdelingen i en fart. En sygeplejerske tog straks hånd om Karin. Jeg husker at sveden løb ned ad mig, fordi jeg ikke kunne hjælpe mod fødslens smerter, men samtidig også fordi jeg var knuget af spænding over at skulle være far.

På en måde var vi heldige, det var nemlig ikke ret lang tid siden myndighederne havde nægtet faderen ophold i fødestuen, under selve fødslen. Men i kraft af nytænkning på området, accepteredes min tilstedeværelse fordi Karin gjorde opmærksom på at barnet var mit, og at jeg af den grund selvfølgelig skulle have lov til at overvære forløsningen.

I den sammenhæng husker jeg tydeligt, at hverken jeg eller Karin troede på Gud, selvom vi hver især var vokset op i familier med kristen baggrund. Scanning med oplysning om køn og hvor mange børn der var på vej, var ligeledes et forholdsvis nyt fænomen, slet ikke noget vi havde skænket en tanke, eller for den sags skyld havde bedt om.

At Karin brugte ordet Gud, var simpelthen bare et udbrud der demonstrerede størrelsen af den smerte hun følte:

"Åh, Åhh – ÅÅÅH Gud hjælp mig"

Det var en dreng som jordemoderen trak ud og viste mig samtidig med han fik et klask i bagdelen, så et vræl viste at han var i live. Umiddelbart efter skete der dog noget andet, Karin havde næsten kun lige set sin velskabte dreng da hun atter gav et højlydt brøl fra sig:

"ÅÅH, ÅÅHH Christer – Nej, Neeej – Gud, hjælp mig, jeg er ikke færdig – Det gør ooondt"

Jeg var skræmt og forundret, da jeg flyttede blikket fra min nyfødte søn til Karin, som forvirret tog sig til underlivet.

"Svup" Endnu et hoved dukkede frem. I desperation knyttede jeg næverne så de blev hvide af blodmangel, hvorefter jeg med febrilsk stemme udbrød:

"Der kom én mere, hvad gør vi"?

Selvom jeg var lamslået, tog jeg mig sammen, ændrede tonen og fortsatte begejstret:

"Fantastisk, det er en pige, skat – men Stop – Vi klarer ikke flere´"!

Men bortset fra fødslen, skulle jeg til Paris. Ved et tilfælde blev den rejse starten på min narkohandel, som må siges at være hjørnestenen i den formue jeg har i dag. Jeg kom nemlig til at høste ufattelige mængder guld på det eventyr. Men hvordan var det egentlig, det startede – joe i kraft af jeg var interesseret i mit nye job, sad jeg efter indtjekning på hotellet, ved baren og nød en drink mens jeg i tankerne gennemgik Karins råd. Uventet lød et spørgsmål i mine ører:

"Er det en god whisky"?

"Joe tak, ganske god, især når den bliver kølet med et par isterninger."

Samtidig med jeg svarede på engelsk så godt jeg kunne fordi spørgsmålet var på det sprog, drejede jeg mig mod stemmen og så en herre midt i fyrrerne der havde taget plads på stolen ved siden af mig. Spørgsmålet om whiskyen førte til en samtale hvori det kom frem at manden var på indkøb ligesom jeg. Det var dog ikke hans første tur, og i løbet af yderlig en drink kom samtalen selvfølgelig til at dreje sig om detaljer i modebranchen. Og lidt senere aftalte vi at følges ad næste dag, hvor vi skulle til samme messe.

Min nye kammerat var englænder og hed Smith, i hvert fald efter hvad han sagde. Ved messen betragtede vi mannequiner nogle timer. Chauvinistisk kom vi med halvsjofle udtalelser, som damerne efter vores mening selv lagde op til. Det var blandt andet sådan én som den jeg lagde ud med ved forestillingens ende:

"Så du hende med de lange gyldenbrune ben, hende i den purpur farvede dragt med den sorte krave? Hun må gerne vente ved min dør når jeg kommer hjem til hotellet."

Uden at kommentere bemærkningen på anden måde end at nikke og smile, fortsatte Smith derefter med sit ønske:

"Hende i den turkis kjole med den dybe udskæring – Jeg vil ikke have spor imod hun opholder sig i min seng, når jeg vender tilbage til værelset!"

Men efter hjemkomst, og en gensidig erklæring om at ingen af mannequinerne var ved vores værelser, eller i sengene for den sags skyld, fortsatte vi med at pjanke i baren. Som følge af at drinksene gled ned i en jævnlig strøm, blev jeg ganske naturligt mere og mere sløv, men ville på grund af stolthed ikke give op.

Drinksene syntes derimod ikke at tære på Smiths udholdenhed, snarere tværtimod. Han sludrede med den største iver, og gestikulerede til kommentarerne med en lige så stor ihærdighed som den, franskmændene havde ry for at have. Pludselig holdt han dog pause, så mig i øjnene og spurgte:

"Sig mig en ting Christer, tror du, at du kan holde dig kvik i morgen uden hjælp"?

Huden i mit ansigt strammedes, jeg var forbløffet men ville ikke give udtryk for hvad jeg troede han hentydede til. I stedet rettede jeg, så godt som jeg kunne, endnu engang samtalen hen på de flotte piger vi havde set i catwalk, og gjorde brug af et gammelt kneb med at observere hans øjne. Jeg lagde mærke til at pupillerne havde en anden størrelse end hvad man anså for at være normal, og konkluderede at han var på speed. Situationens alvor gjorde mig ophidset, og jeg stammede på grund af iver og druk:

"Trrrods d´det, jeg ikke har brug´gt a-a´amfetamin i lang tid, kunne jeg da godtt´ tænke mig det i-i´gen. Har du noooget"?

Smith trak øjnene til sig, så ligesom ind i sig selv et øjeblik mens han overvejede spørgsmålet. Derefter trak han undvigende på skuldrene og sagde med klare øjne, at han ikke havde mere end det han selv skulle bruge. Umiddelbart efter blinkede han dog med det ene øje og sagde noget der fik min fantasi til at arbejde på fuld tryk mens jeg erindrede tidligere oplevelser:

"Det er nu sjældent jeg bruger amfetamin. Kun hvis der ikke er noget bedre til stede. Jeg har derimod fået en forbindelse som skaffer noget af det bedste coke man kan tænke sig til. Du er velkommen til at kontakte ham, hvis du vil?"

Skønt jeg var godt og vel halvfuld lyste jeg op, men tænkte alligevel over hvad Smith´s kontakt ville sige, og svarede:

”Jo tak, den forbindelse vil jeg gerne have, men tror du ikke vedkommende bliver sur over jeg henvender mig”?

”Nej overhovedet ikke, han er flink og ønsker bare at sælge en masse. Du behøver ikke at sige andet end at du kontakter ham fordi du har fået adressen af mig. For øvrigt plejer det han har at være omfattende, udbuddet plejer altså at bestå af lidt af hvert. Men det er nok for sent at hente noget nu, så selvom jeg ikke har for meget coke, så deler vi mit i morgen”.

Næste dag så vi på skønne damer i flere timer før den virkelige verden viste sig da showet var forbi. Men på trods af jeg havde haft en sjov oplevelse, var følelsen vidunderlig da jeg trådte ind i et fly for at vende hjem til Norge. Efter at have sat mig godt til rette og modtaget kaffe samt en drink til afslapning, kom jeg til at tænke på min kærlige familie, og livet i sin helhed. Den afslappede kontrol jeg mente at have fået over livet, fik mig til at slappe så meget af at jeg faldt i søvn. Så snart vi landede kom jeg dog til mine fulde fem, forlod flyet og hentede den parkerede bil så jeg kunne køre hjem.

I lufthavnen i Paris havde jeg købt gaver til både Karin og børnene. Men før Karin blev klar over jeg havde noget med hjem til dem alle, viste hun sin bekymring for mig ved at spørge om jeg havde befundet mig godt.:

"Var der noget interessant at se i Paris mellem messer og indkøb til forretningen. Gik tiden godt"?

Selv om jeg elskede Karin højt, mente jeg, at jeg måtte følge den tankegang hun lagde op til, lade hende tro at jeg gjorde hvad der var muligt for vores fælles bedste.

"Tiden til at gå? - Fritid! - Jeg er ikke helt med. Når jeg ikke var til messe spekulerede jeg næsten kun på hvilke varer jeg skulle bestille. Og selvfølgelig også på dig skat?"

Hun smilte sødt, men holdt sig til det oprindelige spørgsmål, og gik videre:

"Joe det kan jeg tænke mig, men der må da have været lidt tid i overskud, var der ikke noget spændende at se?"

En ting følte jeg mig i hvert fald sikker på, det ville ikke være nogen god idé at nævne min genfundne interesse for narko. Jeg måtte simpelthen bruge fantasien frit, lyve lidt mere, hvilket fik mig til at sige:

"Skønt tiden var kort, så jeg lige nogle af de kendte ting. Jeg var for eksempel en tur på Cham de Elyssé. Jeg var også oppe i Eifeltårnet, hvorfra jeg blandt andet kunne se området ved Notre Dame."

"Det forstår jeg, men derudover hvorledes var folk klædt, hvilke moder så du på gaderne"? Replicerede Karin.

Tankerne hvirvlede rundt i hovedet, hvad skulle jeg sige? Det skulle uden tvivl være noget som ville give Karin ønsket om, at jeg snart skulle til Paris igen. Jeg fortsatte omtrent sådan her:

"Jeg ved det ikke rigtigt, men et par gange tog jeg et kort ophold på en gadecafé for at hvile lidt og drikke en kop kaffe. Jeg burde jo nok have set på hvordan kvinderne klædte sig, men desværre var der ikke noget specielt der fangede min opmærksomhed. Det vil nok være bedst med endnu en tur til byens samlingssteder, så jeg kan bedømme emnet. Simpelthen være konkret i sagen".

Interessen i min personlige i færden i Paris skulle bringes på afstand, så jeg greb fat i bagagen og fandt hendes gave. Det var en net og fantasifuld kjole, udført i rødt og stramt silkestof der helt sikkert ville fremhæve konturerne til det mest fantasifulde. Forventningen om hendes glæde, lykke og respons blev ikke mindre efter hun holdt kjolen foran sig, og med pirrende øjne hviskede:

"Åh, mange tak Christer, hvordan kan jeg dog sige dig tak for denne dejlige opmærksomhed?"

Uden at være beskeden kan jeg sige, vi havde det skønt i timerne efter tvillingerne var kommet i seng. Og ved næste dags frokost kom snakken, på Karins foranledning, ind på at hvis de indkøb jeg havde gjort svarede til efterspørgslen, skulle jeg snart af sted igen. Resultatet blev at jeg efter nogle ugers forløb måtte til Paris igen. Min positur de næste dage blev, at underarmen hvilede på en gade cafes bord mens fingrene holdt fat om en drink. Det meste af tiden så jeg på damer, da min primære opgave var blevet at kontrollere om påklædningen svarede til de for-udsigelser modekonsulenter havde sagt. Uden skam må jeg dog indrømme, at mit syn på pigerne hovedsageligt drejede sig om hvor stramt tøjet sad, så kurverne blev godt fremhævet. En fornøjelse i selve jobbet som ikke sådan var til at kimse af. Men udover jeg havde et behageligt job, syntes jeg at det var nødvendigt at jeg fandt telefonnummeret Smith havde givet mig. Efter en kort samtale blev kontakten og jeg enige om, at vi skulle mødes til en snak. Og som følge af vi begge var forretningsmænd, drejede samtalen sig hurtigt bort fra mit personlige behov, til en snak om den fortjeneste der lå i stofhandel. Sludderen endte dog i første omgang med jeg kun fik narko, så jeg kunne holde mig vågen under den kommende messe. Samtalen i sig selv, med de muligheder fremtiden kunne bringe, blev dog gemt i hukommelsen.

Senere, i Oslo, blev oplysningerne bragt for dagens lys da en af mine gamle bekendte, Oluf, pludselig dukkede op med et spørgsmål. Han ville gerne vide om jeg vidste hvor han kunne skaffe noget kokain. Og på trods af jeg faktisk havde stået trangen til udskejelser imod siden sidste gang jeg var i Paris, buldrede ideen om speed atter i min bevidsthed. Olufs spørgsmål kom et par dage før jeg i samråd med Karin igen skulle til Paris.

I forståelsen af at speeden skulle skaffes til en bekendt, som på sin vis havde styrket mit daværende forbrug af penge ved køb af netop dette stof, var det naturligvis en selvfølge at handelen skulle give ham en gevinst.

Drøftelsen med Oluf gjorde en sludder med Karin nødvendig. Jeg luftede ideen om en eventuel økonomisk gevinst på mit gamle felt. Jeg ventede modstand, eller i hvert fald en kraftig diskussion på området, men til min undren sagde hun god for ideén. Hendes syn på penge var nok lig den indstilling jeg havde om, at nyde tilværelsens goder.

Samspil

Turen gik altså til Paris, og den startede med en blund i flyet, hvor min fantasi dannede billeder af de oplevelser jeg ville på den kommende turné i den franske hovedstad. Derudover dukkede der nogle tanker op mens jeg slappede af. Det var tanker jeg havde haft om alternativ energi til motorer, ja transport i det hele taget. Men pludselig, selvom jeg godt nok tidligere havde haft tankerne på kort visit i hovedet, pressede en skummel ide´ sig ind i mit sind. Resten af flyveturen beskæftigede jeg mig faktisk kun med den.

Efter landing havde jeg dog nok at gøre med at få en taxi og forklare chaufføren hvilket hotel jeg skulle til. Af den grund kom jeg bort fra tankerne jeg havde haft i flyet. Jeg må dog lige nævne, at efter jeg var indlogeret, dukkede den skumle tanke atter op. Med stor interesse satte jeg mig derfor i forbindelse med ham der havde indvilget i kontakt hvis jeg ville følge forhandlersiden op. Så i og med jeg skulle simulere at være gæst på en gadecafé for iagttagelse af folk i almenhed, traf jeg og kontakten Samuel aftale om møde på en café.

Mens vi nød et par drinks blev vi enige om at jeg kunne tage en portion kokain med hjem til min ven, plus lidt til eget forbrug. Samuel foreslog at jeg gemte stoffet i en fiktiv men pænt dekoreret gave til min hustru, fordi sådanne ting ofte blev set overfladisk igennem af diverse kontrolinstanser. Men i kombination med ideén om transport og et hukommelsessvigt, fik jeg ikke lagt min plan ud i detaljer. Tankerne kom helt væk fra samarbejdet, fordi Samuel bød på en streg coke og det at vi drøftede vores tanker om hvordan de forbi passerende kvinder så ud, og formentlig ville opføre sig i vort selskab.

Med ét gik det dog op for Samuel at tiden nær var løbet fra ham, han skulle nå et eller andet vigtigt. Men før han forsvandt, fik jeg hvad vi var blevet enige om. Jeg skulle desuden blive der et par dage og ordne nogle ting for Karin, men havde altså fået coke nok til at jeg kunne klare mig nogle dage.

Da jeg rejste hjem, var jeg i begyndelsen helt på dupperne og kunne ikke forholde mig i ro. Straks jeg havde fundet min plads begyndte hjernen at jonglere med de tanker om nu- og fremtid, jeg lå inde med. Uden varsel af nogen slags kom jeg til at tænke: `Hvis uheldet rammer og jeg bliver fanget af politiet, så vil jeg bringe en forfærdelig skam over Karin, fordi hun i naivitet tror på mig´. Jeg skammede mig faktisk lidt og i løbet af næsten ingen tid blev mine tanker dystre og jeg så meget syg ud. En stewardesse bukkede sig ind over mig og kom med et spørgsmål samt nogle trøstende ord som hun mente passede dertil:

"Er De syg herre? De ser ikke ud til at have det for godt i øjeblikket, men der bliver snart serveret et måltid mad som sikkert vil gøre Dem rask igen. Skulle det ikke hjælpe må De endelig sige til såfremt De tror at jeg kan hjælpe Dem?"

Jeg så ikke direkte på hende, men svarede:

"Nej tak, jeg vil helst ikke have noget at spise. Hvis det derimod kan lade sig gøre at få min kaffekop fyldt op, og lige få en drink mere, en whisky, så vil jeg være glad og betragte Dem som en frelsende engel"?

Med en glans i øjnene der havde et skær af stolthed, forsvandt hun i småløb. Sekunder efter var hun retur og serverede med et smil hvad jeg ønskede. Samtidig med hun atter forsvandt, blev jeg klar over fantasien spillede mig et puds, simpelthen forsøgte at gøre mig tosset. Så med kaffe og en lille én på bordet foran mig, lænede jeg mig tilbage og faldt til ro med tankerne vendt mod den smukke og tillidsfulde kone jeg havde. Jeg må have været optaget af tankerne i lang tid, for pludselig fattede jeg der skete noget. Stemmer og tumult i kabinen, gjorde mig opmærksom på, at vi skulle lande.

Anspændt, gik jeg til transportbåndet og hentede min bagage, intet skete, og hvert af de følgende skridt mod bilen, gjorde mig mere og mere rolig. Før jeg kørte hjem til familiens tryghed, opsøgte jeg Oluf og afleverede det bestilte stof. Da leveringen var sket, kørte jeg hjemad med hele familien i tankerne. Mine børn ville jeg gøre alt for, skønt jeg må indrømme at Karin var i de fleste af tankerne. En af dem var: `Det er bare gået fantastisk siden jeg traf Karin. Jeg har fået styr på forbruget af junk, og fået rettet gevaldigt op på økonomien, endda begyndt at tjene godt. Og vi har fået to vidunderlige børn. Hvad mere kan man næsten ønske sig?´.

Som modsætning til det passerede spørgsmål om, at Karin ville blive alene hvis jeg sad i fængsel, viste der sig et bjerg af penge i min fantasi, på grund af den risiko jeg løb.

Men tilbage til det der virkelig skete. Karin ønskede mig velkommen hjem, og efter vi kærligt havde lagt børnene i seng med et godnatkys, bragte hun med en charmerende bevægelse mig en drink. Hendes graciøse adfærd satte fantasien i gang med hensyn til den nærmeste fremtid. Men bortset fra hjemkomstens glæde, gik der kun to døgn før min genfundne aftager Oluf atter dukkede op. Han skulle bruge mere coke, gerne så hurtigt som muligt. Øjnene viste, han selv var påvirket i svær grad. Erkendelsen af den mulighed der lå i situationen gjorde dog at jeg sagde til ham jeg ville finde ud af noget, men fastslog, det ville tage nogle dage. I forlængelse af samtalen sagde jeg til ham at han ikke skulle komme til mig i privaten, igen.

Jeg havde jo netop fundet ud af hans forbrug var større end jeg havde antaget og ville derfor ikke have ham til at komme rendende i tide og utide. Han fik at vide, at jeg nok skulle opsøge ham hvis jeg havde noget at byde på.

Lige efter han var gået, forsvandt jeg til mit hobbyrum i kælderen. Jeg boede da i et ældre hus jeg havde købt da hybelen ovenpå den første forretning føltes for lille. I mit rum syslede jeg med mekanik i forbindelse med den skumle plan jeg havde lagt rammerne om.

Hobbyrummet var oprindelig blevet lavet for at jeg kunne skabe ting og sager til glæde for børnene, men i forbindelse med min nye plan udskød jeg deres glæde. Resolut fandt jeg noget arbejdstøj der kunne bruges i bumsemiljøet. Jeg ville bruge det til en forberedende aktion og lagde det i en pose hvorefter jeg gik ovenpå igen for at give Karin en let orientering af planen inden jeg gik i gang. På vej til bilen lod jeg tankerne løbe gennem hjernen til en gennemgang af den strategi jeg ville bruge. Min bedømmelse var: Alt var udtænkt, jeg burde ikke foretage mig mere end det, jeg allerede havde lagt planer om.

Efter en køretur fandt jeg et parkeringshus i målet, som var kvarteret Grønland. Jeg havde ikke til hensigt at vise mig som en velhavende mand i det område jeg tidligere havde været både bums og pusher i. Så efter tøjet var skiftet spadserede jeg resten af vejen til det sted jeg ville nå. Idet jeg gik ind af døråbningen hvor der udvendigt, over døren, stod navnet på stedet, så jeg en flok drikkende bumser ved et bord. Ude fra et rum bag baren hørtes en stemme med besked om at han, indehaveren, ville vise sig i løbet af et øjeblik. Jeg var også kun lige nået frem til selve bardisken inden ejeren af stemmen, Ivar, dukkede op. Missende med øjnene fordi han netop var kommet ud fra et anderledes belyst rum, kiggede han på mig og udbrød:

"Jamen er det ikke dig mand, hvad laver du her? Jeg havde ellers hørt det gik dig temmelig godt i den højere handelsstand, men du ligner da dig selv, i hvert fald sådan som jeg husker. Hvordan står det til med dig"?

"Jo´ tak, det går mig godt, men jeg var i nærheden og ville lige ind for at drikke en øl, og naturligvis få en sludder med dig, hvis du har tid"?

Ivar nikkede og med et smil tappede han to fadøl, hvor han først lige tjekkede glassene med øjnene, i forsikringen om at de var rene. Alt var åbenbart godt, for han nikkede mod et bord lidt derfra, tog glassene i hænderne og satte kursen mod det:

"Lad os sætte os her" sagde han da han var nået frem og satte sig mens han placerede mit glas over for sig. Han sad, så han selv havde frit udsyn til baren, og dens omgivelser.

"Har du noget på hjerte, eller er du bare tørstig"? spurgte han idet han rykkede lidt på sig for at sidde bedre hvorefter han nikkede mod de drikkende gæster ved det andet bord, og rystede på hovedet samtidig med han fortsatte:

"Dem, de kan ikke høre hvad vi snakker om og har for resten også lige fået en ny omgang til bordet, desuden er de efter snakken at dømme optaget af hvad de kan gøre for at få et bedre liv. Men som spurgt! Har du noget på hjerte"?

"Du kender selvfølgelig dine kunder bedre end jeg, men bortset fra det, er der overhovedet ingen grund til at vi taler for højt om det, jeg vil snakke med dig om".

Han rettede igen blikket mod mig, men så faktisk ingenting fordi tankerne kredsede om vores tidligere susen rundt i kvarteret. Det var selvfølgelig før han faldt til ro med at drive egen café. Han var uvidende om det jeg havde på hjerte, men var klar over at jeg ville et eller andet siden jeg dukkede op som jeg gjorde. Jeg hjalp ham lidt på vej ved at bringe hans tanker ind på det område jeg ville snakke om:

"Jo ser du Ivar, jeg vil spørge dig om hvordan det står til med dine kontakter på stofmarkedet, har du kvittet gerningen på det område, eller kan det lade sig gøre at få fat i en streg til næsen, hvis man ønsker det"?

"Nå, så det er derfor du vender dig mod gamle græsmarker, der er måske ikke noget at finde, hvor du færdes nu. Men nej, markedet her omkring er så godt som tomt for tiden. Selvom jeg kender flere der pusher, er det vanskeligt at opdrive et enkelt strejf. Hvis der kunne skaffes noget, så kunne jeg komme af med en hel del lige nu. Men jeg må skuffe dig på det område, der er nul og niks at hente"?

"Hmm, det lyder ikke opmuntrende hvis man er på jagt efter et snif til næsen. Jeg går ud fra det er amfetamin du taler om, hvad med kokain".

"Coke?" Ivar snublede næsten over ordet og udtalte det med højere stemme end normalt. Der gik dog kun et øjeblik inden han atter tog sig sammen, og fortsatte med tilpas lav stemme:

"Det stof, tror jeg ikke der findes ret meget af i dette område, jeg har i hvert fald ikke kendskab til noget. Så vidt jeg ved vil det sikkert også være for dyrt til folk her omkring. Ja helt sikkert! Jeg kunne nu ellers godt tænke mig en ordentlig streg af det."!

Den tørre hals blev skyllet med øl mens han grundede over sine ord, hvorefter han satte glasset på bordet og sagde:

"Ved at se lidt i bakspejlet tror jeg alligevel nok der vil være nogen som har tilstrækkelig med kroner, til sådan et trip! – Men jeg er faktisk overbevist om at det heller ikke kan lade sig gøre at finde noget gennem de forbindelser jeg har i Grünerløkka, da det sandsynligvis kun er heroin som er til stede der".

"Det lyder som om du vil sætte meget på spil for en bane kokain, hvad vil du give hvis jeg kan skaffe én?"

Ivar var ved at rejse sig op i en spjættende bevægelse. Men det tog bare et halvt sekund før han atter satte sig, og med en let ironisk stemme hviskede: "Laver du sjov med mig, eller hvad er det du siger? Jeg troede du kom her for at jeg skulle skaffe dig en streg amfetamin. Nu lader det til, du i stedet vil sælge mig en bane kokain, hvordan hænger det sammen når byen er tør for stoffer. Hvis du virkelig har forbindelse til sådan noget, kan jeg nok sælge en del, og tjene mange penge til os. Ja´e … det vil naturligvis hænge sammen med, hvor meget det koster? Hvis det ikke er for dyrt vil det være fantastisk, det ville samtidig være skønt hvis du også kunne skaffe noget amfetamin."

Trods det at Ivar kort forinden ikke ville tale højt, betragtede han endnu engang afstanden til de andre i lokalet og bedømte formentlig at de ikke havde bemærket han hævede stemmen. Ikke desto mindre så det på hans mimik ud til at han fremover ville tale stille og roligt.

I overensstemmelse med hans holdning hviskede jeg:

"Jeg har et gram kokain i lommen, det kan du få billigt! Og hvis du synes stoffet er okay, kan jeg skaffe mere til samme pris såfremt du bestiller mindst halvtreds gram. Vi afregner når du har solgt det. Amfetamin kan jeg sikkert også bringe, men udover det jeg lige har sagt, regner jeg naturligvis med at du ikke refererer denne samtale til nogen som helst".

Ivar rystede på hovedet som tegn på at han var klar over hvor vigtig tavshed er i denne branche. Jeg var nu heller ikke et sekund i tvivl om, at han vidste hvordan han skulle behandle sagen, men jeg sagde det for at understrege vigtigheden. Og efter jeg havde gjort opmærksom på tavshed som en betingelse, kunne jeg på hans udseende bedømme at vi kunne drøfte hvad jeg var kommet for:

"Hvis du synes det jeg har sagt indtil nu, har lydt OK, vil jeg fortsætte"?

Ivar nikkede hvorefter jeg med en finger som imaginær blyant skrev et tal på bordet, og sagde:

"Hvis du synes det er okay, vil jeg om en uges tid overrække dig halvtreds gram til det antal kroner du så mig illustrere på bordet. Du får din prøve når jeg går. Jeg har lige bestemt, at den skal være gratis. I morgen vil jeg komme igen for at drikke en øl, så kan du sige mig om du har besluttet dig for at modtage kokain – og temmelig sikkert også noget amfetamin til en lav pris."

Jeg rejste mig, og skyggede med kroppen så ingen af de andre gæster kunne se hvad jeg lavede. Umiddelbart efter lagde jeg en håndfuld mønter på bordet sammen med en minimal konvolut hvor prøven var i. Derefter sagde jeg med almindelig stemme, tak for sludderen.

Da jeg kom hjem fortsatte jeg til hobbyrummet for at være alene og uforstyrret, mens jeg vurderede min rolle i det kommende smugleri. I forbindelse med spekulationen besluttede jeg at jeg til den tid ville tage færgen til Jylland, i Danmark fordi jeg ville tage min bil med, så jeg kunne køre til Paris.

Næste dag sørgede jeg for at der ville komme en pige om aften, hun skulle tage sig af tvillingerne. Grunden til børnene skulle passes var fordi jeg ville tage Karin med i byen så vi kunne more os. Samtidig ønskede jeg for god ordens skyld at indhente hendes endelige accept til, at vi kunne blive rige ved at handle med narkotika. Det blev en hyggelig aften hvor vi først spiste en god bøf og efter sulten var stillet, fortsatte vi til et andet sted hvor vi ikke bare kunne drikke, men også havde muligheden for at danse. Mens vi `krammede´ i en kinddans opnåede vi den samtale, der hele tiden havde været mit mål for aftenen. Ifølge hukommelsen begyndte vi snakken med at jeg hviskede:

"Karin hør lige engang hvad jeg tænker over, og for så vidt også er ved at planlægge. Hensigten er at jeg vil tage til Paris i morgen. Jeg har foruden indkøbet til forretningerne, fået en kontakt som kan skaffe narko. Indtil nu har jeg talt med to personer som vil sælge disse varer, her i byen. Men inden jeg foretager mig noget videre i sagen vil jeg høre hvad du mener om brugen af denne metode til at vi kan tjene mange penge. Sandsynligvis nok til at vi kan udvide antallet af de forretninger vi allerede har."

Karins svar og holdning var både spørgende, krammende og konstaterende.

"Tror du vi kan lave penge nok til åbning af endnu en forretning? Hvis det kan ske vil det simpelthen være opfyldelsen af den drøm jeg har haft lige fra vi startede med den første forretning. Ja, vores egen forretnings-kæde så vi kan sprede vores idé om mode til folk i Oslo, for slet ikke at tale om hele landet! Ja så vil du simpelthen fuldføre mit livsønske, den mest fantastiske oplevelse man kan få sig!"?

"Hvis de planer jeg har, kan lade sig praktisere, så vil vi ikke bare kunne åbne én mere, så vil vi i løbet af få år simpelthen kunne åbne en hel kæde af forretninger.

Ja temmelig sikkert også kunne udbygge vores kæde til en international organisation, med dig som ypperste chef for hele foretagendet. Lyder det ikke fantastisk Pus?"

"Selvfølgelig, og jeg tror du ved hvad du gør skat, så kom du blot i gang, jo før jo bedre! Lige siden vi mødte hinanden har jeg haft på fornemmelsen at du en gang ville gøre os rige. - Det vil simpelthen blive fantastisk, og du er bare en guttermand hvis du kan føre den plan ud i livet".

Jeg fandt altså ud af vores tankegang løb i samme spor. Med tanken i baghovedet sendte jeg hende et af de mest forelskede smil jeg kunne skabe, og sagde:

"Karin jeg var så godt som sikker på at du ville støtte mine tanker for at vi kan skabe en stærk økonomi, og du kan føle dig sikker på, jeg vil realisere de drømme du har givet udtryk for"!

Næste morgen, så snart Karin og børnene havde forladt hjemmet begyndte jeg at gennemgå tankerne om hvordan planen der var lagt skulle foretages. Kontakten i Paris ville, som følge af sin griske tankegang, yde den hjælp jeg havde behov for. Og som jeg havde aftalt med Karin, kørte jeg til færgen. En ting som jeg ikke havde nævnt for Karin, det var, at tolderne måske greb mig, så jeg ikke ville komme hjem igen, i hvert fald ikke lige med det samme.

Jeg bryder tanken om fortiden på grund af at tørsten plager mig. Jeg ser ud af vinduet og nyder en tår af drinken mens erindringen om det videre forløb bringer mig tilbage til tankeverdenen, hvad der fremkalder et smil over den frækhed der lå i mine næste træk. Der hændte nemlig det at: Efter jeg kom til Paris og lagde min plan frem for Samuel, måtte jeg tilbringe nogle timer i ensomhed på en café, mens han talte med sine bagmænd og skaffede den mængde stof jeg skulle bruge. Turen tilbage gav ingen problemer skønt jeg var nervøs.

Af sikkerhedsmæssige grunde standsede jeg nemlig i Tyskland, nær grænsen til Danmark. På det tidspunkt var grænsen til Danmark, pasporten til de skandinaviske lande. Af interesse for den fremtidige handel, indvilgede Samuel i at tage med på turen skønt det kunne være risikabelt for ham.

Først gemte vi det medbragte stof i Tyskland nær grænsen, hvorefter jeg kørte ham til et planlagt sted på den danske side af grænsen, og vendte alene tilbage til Tyskland. Min del af opgaven bestod så i placering af narkoen i en tilpasset modelhelikopter, og få kontakt med Samuel på et walki-talkie sæt, købt i en grænsekiosk. Transporten i sig selv var faktisk ganske enkel. Det valgte område var fladt, og jeg sendte helikopteren på kurs mod Samuel. Efter han havde modtaget oplysning om hvad jeg gjorde, dirigerede han, først ved hjælp af en kikkert, senere med sit normale syn, mine fingre på styreapparatet så helikopteren landede for fødderne af ham. Ladningen blev fjernet, og den tomme helikopter vendte retur, hvor jeg skjulte den til senere brug.

Da jeg var færdig med mit foretagende i Tyskland kørte jeg til Danmark og hentede Samuel. Som følge af alt var gået godt, kørte jeg ham til en banestation så han kunne slappe af i et tog på vej hjem med bevidstheden om, nettet var udvidet. Da jeg igen var alene hentede jeg narkoen, og min egen hjemrejse forløb uden problemer, måske fordi jeg med sikkerheden i centrum tog en omvej over Sverige. At tage den vej i stedet for færgen fra Frederikshavn i Jylland og direkte til Oslo, var fordi jeg frygtede tolderne i Oslos havn.

Da jeg forlod færgen Helsingør-Helsingborg og kørte ind i Sverige, hævede en tolder på frakørselsrampen sin hånd til en venskabelig hilsen og sagde: "Velkommen til vort rige". Jeg smilede tilbage, og svarede gennem det halvåbne vindue "Mange tak". Mine tanker var dog helt anderledes.: `Tak dumrian, hyggeligt at hilse på dig, sørg nu endelig for, at dem af dine landsmænd der har en flaske sprit for meget med over grænsen bliver stoppet, og fortsæt med at lade os narkofolk være i fred og ro´.

Da jeg langt om længe, efter en tur op gennem en del af Sverige kørte ind i Norge, og endnu senere trådte ind i mit eget hjem kunne jeg slappe af i en lænestol med en drink i hånden, og føle mig lettet over det gennemførte projekt. Afslappet, begyndte jeg at tænke på følgerne af det der var hændt. Jeg tænkte blandt andet: `Så langt, så godt! - Næste rejse skal finpudses, min egen risiko skal fjernes så meget som muligt, og mine folk skal lære at klare alt herhjemme, uden min indblanding. Det vil blive vidunderligt, bare at beskæftige sig med at se bunker af penge hobe sig op´.

Praksis!

Jeg husker ikke tiden nøjagtig, men der gik vel et par døgn før jeg talte med Oluf, hvorefter jeg lidt senere fik en snak med Ivar. Men altså, efter jeg havde sundet mig ovenpå den vellykkede hjemkomst, talte jeg med dem hver for sig. I takt med at vi i begge tilfælde nærmede os sagens kerne, blev det klart for mig, at min plan om salgsmængde var større end det kvantum de to fyre så ud til at kunne afsætte.

Situationen overraskede mig lidt fordi begges formåen blegnede noget i den forestilling jeg havde gjort mig. Ikke desto mindre var de mine gamle kammerater, og jeg turde godt stole på dem hvis Oluf gav mig sit ord for at holde igen med eget forbrug. Så uden at nævne skuffelsen over det forventede salg, vendte jeg hjem og åbnede en flaske whisky som jeg nød en del af, mens jeg spekulerede over hvordan jeg kunne udvide markedet. Skønt jeg drak mig halvfuld og tog en lur på sofaen med det resultat at jeg vågnede med en gevaldig hovedpine, kom jeg til en beslutning. Al salg i Oslo skulle samles under mine vinger og det var Majorstuen som stod først for tur.

Jeg er egentlig ikke klar over hvorfor jeg specielt valgte det område da bydelens navn, godt kunne give ideen om at hovedparten af indbyggerne var etablerede folk i den ældre klasse. Men efter ideen havde fundet plads i tankerne opsøgte jeg flere caféer som skulle give mig indtrykket af folks trivsel. Og på trods af den mening man kunne danne sig af lokaliteterne, gik det op for mig at livets gang, så vidt jeg kunne se, havde sin udgang i yngre menneskers pulserende tendens.

Observeringen styrkede i høj grad min interesse for etablering af et salgsnet, når der så at sige, kun færdedes folk med en forhastet indstilling til sig selv, og livet i sin helhed vel at mærke. Det viste sig dog at jeg ikke var den første der havde fået ideen om at området kunne bruges til salg af stoffer. Da jeg i et par dage havde flyttet mig fra café til café og forgæves havde givet relevante folk muligheden for salg af speed, fik jeg uden mindste varsel sat en kniv for struben. To mænd, omkring de tredive år, pænt påklædte, satte sig ved siden af - og over for mig, ved et bord jeg få sekunder forinden havde taget plads ved. Jeg så på dem, smilede let og ville spørge om de havde noget at sige. Det må jeg så sandelig give udtryk for at de havde, for inden jeg overhovedet nåede at sige noget som helst, åbnede ham over for mig munden og smilede nonchalant samtidig med han nikkede mod døren og sagde:

"Uanset, hvor interessant du synes Majorstuen er, vil det være bedst for dig at forsvinde herfra med det samme. Hvis du ikke gør det frivilligt bliver du skamferet, inden du hjælpes herfra."

Selvom jeg naturligvis havde en fornemmelse i baghovedet af at handelen i området var besat, kan jeg ikke sige andet end jeg blev overrasket af henvendelsen. Og selvom jeg inderst inde var forberedt på et angreb, så jeg nok lidt spøgefuldt på situationen og betragtede beskeden som noget pjatteri. Men på trods af det, fornemmede jeg ligeledes en indre stemme som sagde at henvendelsen var seriøs. Så i kraft af jeg havde bevæget mig kluntet ind på andres område, gjorde jeg følgende.

Lige så hurtigt situationen gjorde det muligt forlod jeg stedet. Min beslutning var dog, at jeg ikke kunne smide den gode idé fra mig, men var klar over, at jeg måtte lade som om jeg tog imod ordren, og tage listesko på i fremtiden. En ting var dog sikker, det var den forkerte mand, der var blevet givet ordre til. Mine tanker var allerede ved at danne en plan om tilbageslag hurtigst muligt. Slagstyrken skulle være kraftig nok til at min modstander aldrig ville komme sig over det. Min afskedssalut gav dog tid nok til at jeg kunne nå døren uden der blev en forværring af konflikten:

"Nå – Undskyld, jeg var ikke klar over området var dækket af tilbud. Jeg forsvinder lige så hurtig jeg kan gøre det. Tak for opfordringen. Men lige for en ordens skyld, vil jeg da være glad for at vide hvem det er der giver ordren, så jeg ikke kommer ind på et forkert område igen!"

Min modstander så ud til at være i tvivl, om min udtalelse var oprigtig eller ej? Først blev hans ansigt tindrende rødt, han var arrig, øjeblikket efter viste han det stik modsatte tegn ved at blive bleghvid og smile venligt. Måske endda lidt for venligt. Den tvivl han formentlig havde om hvilken beslutning der skulle træffes, fik mig til at forsvinde ud ad døren i en fart.

I forvisning om at jeg bar mig klogt ad, vendte jeg hjem med uforrettet ærinde selvom mit hoved var fyldt med hævngerrige tanker. På trods af jeg var oprevet, nævnte jeg ikke et ord til Karin om hændelsen. Den følgende morgen var mit ønske om hævn blevet endnu større. Jeg havde kun en ting i tankerne da jeg steg ind i bilen og kørte til Olufs område.

Det jeg havde i tankerne, var en hævn som svarede til den behandling jeg blev truet med at få, måske endda endnu værre. Grunden til jeg ville opsøge Oluf var fordi jeg vidste han havde gode forbindelser til hårdtslående fyre. Overrasket af min henvendelse indvilgede han i at spadsere en tur så jeg kunne forklare hvorfor jeg var kommet tidligere end ventet. Han så i øvrigt ud til at have fulgt det råd, jeg havde givet mellem linjerne, om ikke at bruge så meget speed selv, fordi jeg så ikke ville hjælpe ham til at få mere til salg. Det varede heller ikke mange sekunder før han spidsede ører:

"Oluf, den organisation jeg er i forbindelse med vil udvide sit territorium. Jeg har brug for en person der på korporlig vis kan kontrollere de grænser der sættes. Vedkommende vil naturligvis blive godt betalt for sin indsats. Jeg har brug for en person jeg kan stole fuldt og fast på. Er det et job du kunne tænke dig?"

Først så Oluf på mig med et ironisk smil, øjeblikket efter blev ansigtet dog seriøst, og selvom han ikke lige vidste hvordan han skulle udtrykke sig, fortsatte han med en slags konstatering:

"Hvis du har i tanke at starte en krig, vil jeg gerne høre hvor, og mod hvem det er du vil slås? Jeg har mange venner og vil derfor høre hvad det er du har i sinde?"

"Jeg er klar over den position du har Oluf, men det var mig du henvendte dig til da du skulle bruge narko. Du er sikkert også blevet klar over at jeg gør dét, jeg siger jeg vil. Og efter min viden, vil du ikke komme til at føre krig mod dine bekendte, tværtimod, vil du få magt og viden så du kan hjælpe dine venner ind på en behagelig vej. Samtidig vil du vise, at du har en personlighed der er stærkere end den der indtil nu er blevet vist respekt for."

"Joe Christer, i forbindelse med det du siger, tror jeg godt du kan regne med jeg vil støtte dig. Og selvom vi måske ikke kender hinanden helt til bunds, vil jeg med mit ord forsikre dig om, at du kan regne ét hundrede procent med mig."

"Okay Oluf, så lad os træffe aftale om det jeg har sagt, og lad os af den grund gå direkte til sagen. Planen jeg har lagt, og som du, fra nu af, er involveret i udførelsen af er sådan her: Folkene der står bag salget af speed i Majorstuen, de skal sættes ud af spillet for bestandig. Du må selv om hvordan det sker, bare det sker forholdsvis hurtigt, og selvfølgelig uden at mit navn bliver nævnt.

”Nu du nævner Majorstuen ved jeg at et par af mine kammerater af og til kommer i det territorium, ja de trives vidst godt i hele Frognerområdet. Og efter min overbevisning vil det ikke volde et stort problem med at overtage markedet dér. Ham der tar vare på handlen, er efter min viden bare en storskrydende svækling som ikke har nogen magt af betydning. I hvert fald ikke hvis jeg skal stå for et angreb på hans domæne. Han vil afgjort ikke få et ben til jorden! Det kan du være sikker på.”:

”Lige for at gøre det helt klart Oluf. Det er på min kommando du foretager angrebet, ingen andre må vide noget om det vi har aftalt. Og i relation til aftalen må du sige til hvis du mangler penge til indkøb af våben, eller andre ting du skal bruge til jobbet.”

”Nej, nej Christer! Dét at slå ham ud af kurs vil ikke løbe op i noget særligt, måske der bare bliver ydet en vennetjeneste fra nogle af mine bekendte. Du skal overhovedet ikke tænke på finanser i den sag. Her vil jeg tydeligt vise, hvem det er du har valgt til at være på din side. Du skal på ingen måde få den tro, at det er en uansvarlig person du har fået fat i!”

”Okay Oluf, du ved hvad det er jeg ønsker, og så snart du har klaret sagen, har du bevist at opgaven ikke var for stor til dig. Og i forbindelse med at du ordner sagen, kan du regne med at du er på fast lønningsliste. Det vil selvfølgelig også indebære at opgaver af lignende art bliver ordnet fremover."

"Selv om sagerne, eventuelt ser vanskelige ud vil du afgjort kunne regne med mig. Der vil ikke gå lang tid inden du hører nyt om forholdene i det område vi talte om."

Der gik heller ikke mere end to døgn før Oluf gav besked om at han havde en interessant oplysning. Og jeg må indrømme, at selv om jeg havde besluttet processen skulle føres igennem med hård hånd, blev jeg symbolsk taget på sengen, da jeg hørte hvad der var sket. Godt nok ville jeg være hård men det var ligesom om Oluf faktisk var endnu hårdere. Det hele fandt sted lidt mere barskt end jeg havde forestillet mig, men OK. Jeg var nemlig allerede begyndt at betragte mig selv som Herre i Stuen, hvilket jeg kaldte Majorstuen når jeg tænkte på den. Grunden til jeg følte mig overrasket var den oplysning Oluf bragte:

" Nå Christer. - Nu skulle Frogner være et åbent område, for dig. Jeg tror for resten, du vil nyde at høre i detaljer hvad der skete. Lyt engang: For det første havde jeg i store træk en anelse om hvad der foregik i kvarteret og sammen med to gutter lykkedes det mig i løbet af kort tid at komme i kontakt med den lokale leder. Han viste sig, som ventet at være en opblæst idiot, der troede han havde hele verden i sin hule hånd fordi nogle pushere solgte hans varer.

Men nok om det, for jeg og de to fyre opsøgte narren og gav ham besked på at han skulle forlade området, altså stikke halen mellem benene og forsvinde fra territoriet for bestandig! Jeg tror, det er første gang jeg har set en mand blusse så meget op, på så kort tid.

Han hævede sig på tæer for at nå min højde. Efter han forgæves havde trippet lidt, forlangte han hvinende at få en forklaring på hvem vi bildte os ind at være. Det er faktisk heller ikke så mærkeligt at han blev voldsom, jeg ville også være blevet gal hvis jeg havde fået sådan en melding stukket i hovedet. Men udover det var det en oplevelse af de helt store, at se ham reagere som han gjorde.”

”Hvad sagde du? Fortalte du at nogen havde sendt dig, eller gjorde du bare opmærksom på at han ville komme galt af sted, hvis han strittede imod?”

”Jeg var inde på begge dele, men brugte selvfølgelig ikke dit personlige navn. Jeg sagde, at der var udstedt ordre af en organisation der var større end hans egen. Ordren var: Han skulle forsvinde. Jeg fortalte det var den samme mand der havde udstedt ordren, som ham der for nylig var blevet smidt ud fra en nærliggende café, med trussel om skamfering fordi han ville kapre nye kunder. Den opblæste mand fik også at vide, at han ville miste livet hvis han trodsede beskeden. Så blev narren endnu mere tosset og kaldte de værste forbandelser man kan tænke sig, ned over os. Straks efter gav han sine håndlangere besked på, at jeg og mine makkere skulle smides på porten med en grundig gang tæsk i bagagen. En afklapsning der ville gøre os opmærksom på, at vi aldrig nogensinde skulle vise os i Frogner igen.

Der skete dog det at mine gutter, efter de havde hørt narkotumlingens ordre, fulgte den ordre jeg havde givet, hvis vi kom i knibe. Hurtigt viste de deres våben og holdt modstanderne i skak. Derefter skete der følgende: Jeg nikkede til gutterne og vinket gjorde at den ene satte en lyddæmper på sit våben og plantede en kugle i brystet på en af den opblæste mands håndlangere. Umiddelbart efter blev der fulgt op med endnu én, i den anden håndlangers bryst. Stumt løftede hovedpersonen hænderne op foran sig i en afværgende gestus mens han atter trippede, denne gang som en balletdanser, hen mod døren. Da han var ret foran den begyndte han at plapre løs, og gennem angstens sved forsikrede han os om, at alt ville være vores hvis han kunne få lov at leve videre. For at beretningen skulle fortælle folk der eventuelt ville sætte sig op mod os, hvad der kunne ske, lod vi ham liste af så han kunne fortælle om episoden.”

Omtrent sådan var det, at han udtrykte sig, hvilket satte mine tanker i sving et øjeblik, hvorefter jeg besluttede at give denne her melding:

”Oluf, det lyder bestemt til at du er den rette mand jeg har fundet til at gøre opmærksom på det domæne jeg, eller rettere sagt organisationen gør krav på, men for at tage alles helbred i betragtning, er det bedst du går under jorden en tid. Hvis, eller rettere sagt når politiet, på et tidspunkt får en melding om hvad der er sket, vil vi i lang tid have dem rendende rundt og snuse”

Efter formodningen af hvad der ville ske fremover var givet til Oluf, ønskede jeg få det bedst mulige ud af den situation han havde skabt. Det første jeg gjorde, var at sige til Oluf at Ivar midlertidigt skulle sættes ind som bestyrer i territoriet. Fra sit skjul skulle Oluf vejlede Ivar, som jeg derefter opsøgte:

”Ivar hør lige engang hvilke tanker jeg har gjort! Oluf er nødsaget til at gemme sig en tid, og du må samtidig med at du forsøger at holde styr på de pushere du er ved at sætte i funktion, midlertidig overtage hans position. Du skal ikke være bange for at du ikke kan klare det, for du vil få den vejledning du behøver. Og måske lyder følgende som en mistillid, men sådan er den hverken ment, eller skal opfattes som. Men vi ved begge at din start som bagmand til speedhandel, ikke ligefrem har båret præg af succes. Jeg vil tro dine informationer ikke har været up to date. Men bortset fra det..."

Ivar løftede pegefingeren og viftede afværgende idet han sagde:

"Hov, hov, Christer. Mine informationskilder er skam pålidelige, men det kan selvfølgelig godt være, som du antyder, at kendskabet til territoriet, efter den stilstand der har været, ikke har været på toppen! Men hvad var det for resten du ville sige":

"Jo ser du Ivar, på grund af de mange timer vi tidligere har haft sammen, og den vilje du indtil nu har vist i vores samarbejde, betragter jeg dig som en ven jeg kan stole på. Jeg håber, så sandelig, at min opfattelse er rigtig og bliver gengældt, for jeg har et forslag til dig"?

"Selvfølgelig er du min ven Christer, ellers ville vi to da ikke snakke sammen som vi gør nu, og jeg ville i hvert fald ikke have betroet dig de ting jeg har gjort, men lad mig høre hvilket forslag, det er du har":

"Jo men først vil jeg lige sige at det glæder mig utrolig meget at du, som jeg kan forstå, bekræfter vort venskab med hundrede procents sikkerhed, hvilket jeg faktisk også havde kalkuleret med. Så uden at gå i detaljer, her og nu, vil jeg tilbyde dig en fremtrædende stilling i den organisation der har taget styringen over Majorstuen, og som også snart tager kontrollen i Grønlandsområdet"

"Det med kontrollen over Majorstuen, ja hele Oslo for den sags skyld lyder OK i forhold til den viden jeg har, men jeg har ikke hørt den fjerneste melding om, at kræfter fra andre steder vil tage magten i Grønland":
"Nej, det forstår jeg godt Ivar, men interessen for salg i det område, ja faktisk i hele Oslo, er forholdsvis ny og netop her vil du kunne få en vigtig rolle hvis du har lyst, og er villig til at gøre en indsats."
"Det lyder til, det er et interessant foretagende du har placeret dig i, hvad er det for oplysninger du har, eller gerne vil have af mig?"
"Jo lad os få klarlagt hvad det er jeg giver udtryk for Ivar, jeg vil starte med et spørgsmål: Tror du helt ærligt, du kan bygge et salgsnet op. En distribution af stoffer, helt fra bunden. Nettet skal dække de områder jeg nævnte før"?
"Mener du det helt alvorligt Christer? Jeg forstår det ikke rigtig. Er der virkelig nogen som tror Grønland, sådan uden videre kan overtages, til eget salgssted"?
"Jeg er ikke helt klar over, hvad det egentlig er der ligger bag dit spørgsmål Ivar? Men jeg kan sige, at der naturligvis er alvor bag mine ord. Det troede jeg ikke du et øjeblik ville drage i tvivl. Hvem der står bag handlingen behøver du ikke bryde din hjerne med. Det eneste du bør have med sagen at gøre lige nu, er spørgsmålet jeg netop har stillet, altså om du kan tage

109

Olufs rolle for en tid og samtidig kan oprette en komplet handelskæde?"

"Hvis du mener sådan helt fra bunden, altså helt fra bunden, bare lige med nogle få personer til støtte, så tror jeg for så vidt godt det kan lade sig gøre, på forholdsvis kort tid endda. Naturligvis kommer spørgsmålet om støtte ind her. Andre udbydere skal naturligvis holdes væk, også en anden ting vil være afgørende, og det er, der skal være speed nok til rådighed. Og så lige en sidste ting at nævne selvom det måske nok kan være lidt selvmodsigende når jeg skal bygge et salgsnet op for egen kraft. Og det er, jeg må vide at der er styrke at hente bagved hvis jeg bevæger mig ud på for dybt vand, et sted hvor jeg har brug for hjælp."

"Som du har været inde på Ivar, vil spørgsmålet om der er stof nok, have en væsentlig betydning. Men så vidt jeg ved, vil det emne slet ikke blive aktuelt, der vil efter min overbevisning, hele tiden være rigelig af varer til et købedygtigt marked. Desuden vil en kraftig slagstyrke, som du selv vil have en del rådighed over her i begyndelsen, altid stå til din rådighed."

 "Christer, da det lader til du har styr på tingene kan du godt regne med du har mig som forbundsfælle, du skal bare sige til. Det vil også blive rart med ekstra kroner i lommen, det er ganske simpelt umuligt at klare sig uden at lave lidt ekstra mønter."

"Jeg skal nok holde dig underrettet om sagens gang
Ivar, men jeg tror såmænd godt du kan forberede din
forretning med det samme, sætte folk i gang med en
pejling på områderne. Men som antydet, ligger sagen
lige en anelse ude i fremtiden, du skal dog være klar til
at gå i aktion, når du får besked."
 Efter de alvorlige samtaler var overstået, var det første
der skete da jeg kom hjem var, at jeg gik til barskabet
og blandede en stor drink. Den ville jeg nyde under
gennemgang af de samtaler jeg havde haft med Oluf og
Ivar, samt den handling Oluf havde foretaget på min
foranledning. Jeg var klar over, at jeg på så godt som
ingen tid havde placeret mig i centrum af stofhandelen.
At komme videre, krævede at jeg kontaktede Samuel.
Da det var gjort blev vi enige om at jeg skulle rejse
derned, så vi kunne mødes på vores café og snakke om
sagerne, face to face. Karin blev i store træk informeret
om min plan, og lod mig gå til ro uden at sagen blev
taget op til drøftelse. Hun havde faktisk kun et smil på
læberne. Den let skjulte begejstring stod nok i forbin-
delse med at hun vidste, den fremtidige indkomst
sandsynligvis ville gøre endnu en udvidelse af kæden
mulig.
 Det var tidligt. Solen var endnu ikke stået op da jeg
vågnede med en rastløs følelse. Hurtigt slugte jeg en
portion yoghurt, og var ivrig efter at komme til

lufthavnen. Mine tanker beskæftigede sig med de kommende drøftelser i Paris. Jeg var faktisk ikke helt klar over hvor meget stof, det med jævne mellemrum ville blive nødvendigt at flytte til Oslo.

Planen om mit eget territorium, og den finansielle støtte jeg havde brug for, måtte diskuteres med Samuel, eller nærmere betegnet, hans bagmænd. Opbygningen af territoriet ville stort set komme til at hvile på den tillid bagmændene viste mig. Jeg måtte stille disse mænd tilfreds med det forslag jeg havde, og den forventede gevinst var stor nok til at jeg turde løbe risikoen, så mine børn kunne leve godt i fremtiden. Og som følge af håbet om kontanter i massevis, var jeg ivrig efter at komme til at samarbejde med Samuels bagmænd.

Da jeg lagde planen frem for Samuel og lovede ham at jeg ville tale særdeles godt om ham, blev jeg hurtigt sat i direkte kontakt med hans overordnede. Skønt jeg havde grublet meget over hvordan sagen skulle fremstilles, blev jeg stolt af det resultat jeg gav af Norges købekraftige ungdom. Det lykkedes mig nemlig at skabe en stemning der fik det til at se ud som om det kommende salgsnet, hovedsagelig blev skabt på bagmændenes initiativ. Det kom endog til at gå sådan at de straks kom frem med det lette omrids af en smugler-metode, der sandsynligvis ville være udenfor de norske tolderes begrebsverden. Med hensyn til detaljerne i selve smuglermåden, blev emnet drøftet uden jeg fik nogen information, men i store træk skulle vejen gå over organisationens aktiver i England til den norske vestkyst. Men ikke nok med jeg fremover kunne få stoffet leveret i Norge, og på den måde slippe for risikoen ved selv at bringe det over grænserne, blev det også lagt i mine hænder at skabe et salgsnet i Danmark.

Opbygningen i det land ville godt nok blive en længere affære, men i korte træk var forestillingen om en mægtig indtægt, så stærk at jeg ikke tvivlede på min formåen. Troen på mig selv og det jeg kunne, var så kraftig at jeg ikke på nogen måde drog min families sikkerhed i tvivl. For selvom jeg havde haft susende travlt et stykke tid og ikke beskæftiget mig meget med tvillingerne, så ville jeg faktisk ofre livet for deres bedste. Jeg skulle nok tage vare på deres opvækst i de mest bekvemme forhold der kunne skaffes, i vores del af verden. Jeg var fuldstændig sikker på at jeg havde styrke nok til at stå imod det pres der ville komme fra konkurrenter, ved oprettelse af et marked i Danmark. Jeg husker at jeg som konsekvens af de opbyggende tanker var nødsaget til at tage en streg coke for at kunne nyde følelsen fuldt ud.

Jeg må dog indrømme at der var et par gange hvor familieforholdet var trængt lidt i baggrunden en stund, eller for at sige det rent ud, helt i baggrunden på grund af jeg stadig tog del i indkøbet af klæder. En gang imellem fik jeg nemlig en af modellerne med hjem på hotellet. Det skete på grund af jeg var fortalt, at nogle modeller ville tage del i ens private fornøjelse, hvis hun fik indtryk af man var godt placeret og kunne sætte nye kvindfolk i første række når de skulle udvælges. Den udfordring kunne jeg selvfølgelig ikke stå imod. Ja der var faktisk flere modeller, som fik éns tanker til at skubbe alt andet fra sig.

Nu skal det være!

Tilbage i Oslo. Jeg havde lovet Ivar, at der ville være stof nok hvis han sluttede sig til mit hold, og narko var der pludselig rigeligt af.

Alt skulle selvfølgelig tages i betragtning, og efter min vurdering var der stof nok til at dække Oslos behov, men ikke nok til at gå i krig med det danske marked, da jeg ikke anede hvilken mængde der skulle bruges. Med hensyn til Ivars forhold til sagen, var det kun nødvendig at underrette ham om det han skulle vide, og det blev gjort forholdsvis hurtigt. Situationen gjorde at jeg også kontaktede Oluf så vi kunne lave en plan. Vi skulle i første omgang gøre hvad vi kunne for at overtage byens pushere.

Der var nu for mange besøgende hos Ivar, både drikkende men også folk der søgte stof. Jeg ønskede at vi talte under et mere diskret forhold. Ivar fik fat i en af caféens stamkunder som med glæde ville tage nogle timer som afløser, og vi tre andre fandt så frem til en café i en anden bydel. Så snart der blev lejlighed til det spurgte Ivar om jeg ville lægge alt det frem som han og Oluf havde brug for at vide, siden det var nødvendigt at camouflere os i en mængde fremmede folk.

På en måde kunne det måske nok se ud, som om jeg hverken ville eller kunne besvare Ivars spørgsmål, for jeg trak blikket væk fra en direkte konfrontation. Grunden til min handling var, at jeg brugte et øjeblik til at tænkte mig om for at konsolidere mine udtalelser med de tanker jeg havde gjort. Et øjeblik senere rettede jeg dog blikket mod dem begge og sagde:

"Jo ser I, gennem forskellige informationer ved vi at der er stor mangel på stoffer i Oslo, sandsynligvis i hele Norge. Af den grund, taler jeg med en viden om sikker levering fremover fordi jeg repræsenterer et rigeligt dækket marked. Mine tanker, og idéer med udgangs-punkt i dette emne drejer sig om, at du Ivar, skal sætte dig i forbindelse med så mange pushere som muligt, uden for distrikter der allerede er under vores vinger.

Du skal ganske enkelt tilbyde dem stoffer til en favorabel pris. Inden jeg nåede at gå videre brød Ivar ind:

"For mange vil det betyde en sikker dækning af eget behov, men der vil til gengæld også være flere som står i gæld til deres leverandører, folk de ikke sådan lige kan forlade uden det får konsekvenser. Flere vil uden tvivl være bange for sådan lige pludselig at gøre mine til at stikke af…….."

 Her var det så jeg tog over igen:

"Ivar du ved jo lige så godt som jeg, at trangen til at komme op i det høje vil være meget stærkere hos de fleste, end trangen til at lade sig underkue af bagmænd. Men i forbindelse med dette vil din kommende plads være meget vigtig Oluf, for i sådanne tilfælde skal du bruge den nødvendige styrke, hurtigt og fast, hvilket du jo allerede har vist at du kan. Hændelsen med mordet i Majorstuen var ikke kommet i medierne, men selv-følgelig heller ikke glemt. Og for lige at pointere strukturen i organisationen vi er med i. Ja så vil sagen fremover udspille sig sådan at du Ivar, skal tage dig af forhandlersiden, …... mens du Oluf må sørge for et solidt skjold til vores team, samtidig med du også altid skal være i stand til angreb.

Men vigtigt …….. der er lige en ting som I skal vide og altid skal overholde. Det er, at I altid, og jeg mener

ALTID, skal følge de ordrer som jeg har fået besked på at give jer."

 Jeg kunne ligeså godt spille hårdt ud, så der ikke ville råde nogen tvivl. Min mening var, at alle andre end jeg selv skulle få den overbevisning at det var en større organisation der trak i trådene og for at forstærke mit udsagn gav jeg en besked mere:

"Husk endelig på, hver eneste ændring der foretages, skal accepteres eller gives af mig, ellers risikerer I at sætte jer i en meget dårlig position som det ikke er sikkert vores bekendtskab, kan hjælpe jer fri fra! Sådan er reglerne inden for organisationen. Jo mere loyal vi hver især er, jo bedre vil hver enkelt stå, hvis noget uforudset skulle ske."

Et stykke tid efter mødet, hvor udgangspunktet for salg i Oslo var truffet, begyndte vi en gradvis observation af forholdene i Danmark så godt som det nu engang kunne lade sig gøre. Samtidig med vi foretog denne manøvre, planlagde vi gradvist, hvordan de erfaringer vi fik I Danmark kunne bruges i Sverige, for ....

"*Kling, klang* … dørklokken ringer"

Hvem mon det er? Den sidste tår cognac svælges. Jeg går mod trappen ned til stueetagen, og hoveddøren.

"Det tager et øjeblik" råber jeg mod døren, så vedkommende udenfor ikke tror, der ikke er nogen hjemme. Jeg forundres da en politibetjent står udenfor. Myndighederne har, efter min viden ikke nogen som helst anelse om min virksomhed. Betjenten er også alene og har formentlig ikke tanker i den retning jeg netop tænkte, men forhører sig hurtigt om mit navn. Efter jeg sandfærdigt har bekræftet hans formodning om hvem jeg er, fortsætter han:

"Vil De venligst kontakte Ullevål sygehus med det samme og spørge om, hvordan det står til med Deres børn, Odd og Lucy. De skal forhøre Dem på intensiv afdeling."

"Hvorfor, hvad er der sket"?

"Jeg ved ikke meget mere end det jeg lige har sagt, men så vidt jeg kunne forstå har det noget med narkotika at gøre, for stor en dosis så vidt jeg ku´ ane, men Deres børn skulle være i live. Hvis De vil have det kan jeg køre Dem dertil, i stedet for at De ringer først"?

 Han når ikke andet end lige at tale ud før jeg i et par spring er fremme ved patruljevognens passagerside, og er på vej ind ad døren mens jeg råber at han skal skynde sig. Så snart vi forlader min grund beder jeg betjenten om at træde speederen i bund, men selvom jeg holder et par store sedler frem, ignoreres mit ønske om sirenelyd så vi kan køre så stærkt bilen kan.

På trods af den ignorerende holdning til penge, er vi hurtigt fremme. Og selvom jeg er svimmel på grund af frygtelige tanker samt min hurtige puls, og lige så hurtigt blodomløb, når jeg at sige tak for turen idet jeg springer ud af bilen.

I løbet af et minut eller to, står jeg ved Odds seng, og selvom det er blevet sagt til mig, at han skal hvile, rykker jeg ham i armen med den ene hånd mens jeg med den anden tørrer tårer af kinderne og råber: ”Odd, Odd.”

En sygeplejer nærmer sig hastigt og taler med høj stemme:

”Hvad gør De! Havde vi ikke lige aftalt, at De skulle lade drengen sove i fred og ro, han er temmelig langt ude, måske endda for langt, hvis De ikke straks holder op.”

Sygeplejeren som er en kraftig mand vil gribe mig i armen men standser sin indgriben fordi Odd åbner øjnene og ser på mig mens han udbryder far. Jeg fjerner atter tårerne, ser direkte på Odd og spørger med en klump i halsen, om han vil fortælle mig hvad det er der sker. Hans øjne er indfaldne. Mine tæer krummer sig fordi han ser på mig med hadefulde øjne. Umiddelbart efter jeg konstaterer den fjendtlige holdning, spørger han om hvordan Lucy har det? Jeg ryster på hovedet da jeg ikke ved det fordi jeg endnu ikke har været ved hendes seng, men kun har sygeplejerens ord for at hun lever. Odd gisper, han har besvær med at trække vejret. Øjeblikket efter, men med en kraftanstrengelse der får læberne til at vibrere, gør han mine til at fortsætte. Idet han snakker videre, kryber en isnende fornemmelse ned over min krop:

"Hvorfor har dig og mor aldrig givet jer tid til at være sammen med Lucy og jeg? I har altid haft travlt med jeres personlige ting. Mor har altid vist større interesse for, hvordan det står til med hendes forretninger, end i at vide hvorledes Lucy og jeg havde det. Ligesådan har du altid været beskæftiget med dine udenlandsrejser, og møder forskellige steder".

"Jamen Odd, Mor og jeg har da altid ønsket det bedste for jer. Du ved da at gaver i forbindelse med jeres fødselsdag, jul, konfirmationer samt cykler, tøj og alt mulig andet, altid har været af bedste slags. Vi har da heller ikke holdt jer isoleret på nogen måde!"

"Nej det har du helt ret i far, men det er jo slet ikke det jeg mener, forstår du slet ikke det! - Kærligheden, i det forhold du og mor har vist mig og Lucy, hvor har den været henne? Efter hvad jeg ved, har I aldrig nogensinde tænkt på, eller givet udtryk for andet end magt og penge…"

"Det passer jo ikke Odd, det må du da vide. Vi har da altid sørget for I kunne leve så komfortabelt som muligt, vi har altid haft de bedste ønsker for din og Lucys fremtid - Lige fra I var babyer, og indtil nu."

Odd gisper, han har besvær med åndedrættet, lukker øjnene i et krampelignende anfald, eller i anstrengelse for i det hele taget at holde sig i live. Jeg knuger hans hånd medens tårerne triller ned ad mine kinder samtidig med jeg tænker: `Odd og Lucy, hvad er der sket, både Karin og jeg elsker jo jer begge to, og har altid gjort det ´. Odd åbner øjnene og river mig ud af tankerne ved igen at pointere:

"Jamen far, forstår du slet ingenting, den kærlighed I ikke viste os, fik Lucy og jeg til at søge fællesskab med andre der fik noget ud af livet, og gav udtryk for kærligheden. Jeg orker næsten ikke at fortælle hvordan det er gået til, men jeg forsøger på betingelse af du lader mig fortælle, uden at afbryde. Er det okay?

Jeg nikker. Odd ser på mig med vrede og sammen-knebne øjne. Et par sekunder efter falder øjenlågene dog ned og afbryder vores kontakt, mens et udbrud af smerte kommer ud mellem læberne.

Et par sekunder efter åbner han dog øjnene igen, forsøger at fokusere mit ansigt hvorefter han begynder at tale med en svag og pinefuld stemme.

"For et stykke tid siden, da det var klart for os at der ikke var noget samvær i familien og sandsynligvis heller aldrig ville blive det fandt vi venner ude i byen.

Med dem kunne vi slippe tanker, og de inderste følelser løs, og ...."

Han lukker atter øjnene, kæmper en hård kamp for at holde sig vågen. Jeg griber fat om hans håndled med den ene hånd, ryster det samtidig med jeg med den anden vinker afværgende mod den fremfusende sygeplejer der atter vil standse mig. Til mit held åbner Odd øjne og mund igen, sygeplejeren standser. Odd taler svagere end før og har besvær med at udtrykke sig, men kan på trods af det forstås. Jeg har svært ved at se ham, tårerne dækker mine øjne, alligevel fastlåser jeg blikket på hans mund idet han fortsætter:

"Vi begyndte at ryge hash, bare lidt nu og da, men det var let at få fat i, og vi røg mere og mere. I nogle af stederne vi kom, kunne man bare springe alene ud på dansegulvet, flippe ud som man havde lyst til. Nogle af de andre tog Estacy, som du kan sammenligne med en blanding af amfetamin og LSD. Lucy og jeg måtte naturligvis prøve et sådant trip. Det var bare kanon, samtidig med man havde det skønt kunne man danse så længe man ville. Det var bare umuligt at holde sig "normal" i de kredse. Fra et sådant party fulgte Lucy med en lille flok til en privat fest i Pilestræde............ Det var for resten, for ikke så lang tid siden hvor vi ellers skulle have været på ferie sammen med dig og mor, men hvor mor pludselig var nødt til at bruge et par dage for at ordne noget i en forretning. Samtidig viste det sig at du pludselig skulle til Paris og klare et eller andet, så ferien blev aflyst. Men altså, efter hvad Lucy sagde, fremtryllede Arne der havde lejligheden, nok af stærk pulver til at alle kunne få et fix hvis de ville. Lucy var godt nok lidt skeptisk ved at skulle junke, men følte alligevel alt var OK fordi de andre sagde, at alt nok skulle forløbe godt. Så i forventningen om den helt store oplevelse sagde Lucy jo´tak til sit første fix, og fik hjælp af en erfaren pige der kendte til sagerne. Da Lucy fortalte om sin oplevelse, sagde hun, at det føltes som om blodets atomer fik organismen til at sprudle og vidne om selve livet. Måden hun fortalte det på, fik også mig til at støve noget op, hvilket egentlig ikke var så svært, med det udbud der fandtes. Men jeg kan nu se at Lucy allerede var blevet hook på heroin efter første skud. Det kunne jeg dog ikke se dengang og følte mig naturligvis sat ud på et sidespor hvis jeg ikke prøvede det samme stof som hende, så det gjorde jeg..."

Odds stemme daler til en svag hvisken, han lukker øjnene og gisper svagt. Sygeplejeren der var trådt lidt i baggrunden, træder hastigt frem og vil tilkalde hjælp via en alarmklokke. Odd åbner dog øjnene igen og taler videre:

"Ærlig talt, vi var fanget med det samme, og der-hjemme var der jo ingen vanskeligheder med at få fat i penge, når bare vi passede os selv til daglig. Så uden I vidste af det blev studiet sat lidt til siden, så vi havde tid til junk. Dybest set havde vi planer om ...."

I løbet af de sidste sekunder var hans stemme blevet så svag at den næsten ikke kunne høres, nu forsvinder den helt, samtidig med øjenlågene falder ned og spærrer synet. Skærmen der illustrerer hjerterytmen, ændrer den pulserende graf til en lige streg der samtidig sender en hyletone ud fra apparatet.

"Odd, Odd, vågn op"

Samtidig med jeg river ham i armen og ryster den op og ned farer sygeplejeren hen til sengen, puffer mig til side så godt han kan og ryster Odd i skuldrene, men der kommer ikke liv i ham. `Hvad skal jeg gøre´ tænker jeg og råber hysterisk:

"Odd hold nu op med det pjat. Rejs dig op. Hva´ tror du ikke mor vil sige til den opførsel, kom nu!"

I løbet af de næste sekunder haler to velvoksne portører mig ud af den intensive afdeling, hvor jeg ellers forsøgte at holde fast i Odds seng.

Kort tid efter viser en læge sig og overtager kommandoen. Han plaprer løs og siger at på trods af at alle redningsforsøg er brugt, har det desværre ikke været muligt at vække Odd.

Mens han afslutter emnet, ændrer talen sig til, hvor godt og fredeligt Odd nu har det. Men idet, han efter at have snakket løs en tid, holder nogle sekunders pause med de trøstende ord for at trække vejret, tager de to store portører atter over.

De tuder mine ører fulde af flere trøstende ord. En anden læge kommer traskende i sine træsko, der efter gangen at dømme er lidt for store. Men selv om han måske er lidt ukonkret i nogle handlinger, forsikrer han sig om hvem jeg er, og fortæller at Lucy netop er afgået ved døden.

`Hvad er der sket, hvad er der sket´, ordene rumler rundt i min hjerne.

Med sprællende arme slår jeg hul i luften. Jeg vil ryste både Odd og Lucy til live igen, men de to portører blokerer vejen, tager fat i mit tøj og armene, hvorefter de hiver mig ind i et venteværelse mens en af dem højrøstet siger:

"Slap lige lidt af mand! Selvfølgelig er det ubegribeligt, ja endog forfærdeligt at banditter slår uskyldige mennesker ihjel ved salg af narko.

Vi forstår godt situationen som den er! Dine børn er blevet ofre for en skruppelløs, egoistisk person der sætter penge over liv! - Men hvad kan vi almindelige mennesker gøre ved den slags?"

Hvem er syndebuk ?

Irene var i køkkenet, hun stod foran vasken og skyllede kaffe- og kakaorande af nogle kopper for at gøre dem klar til opvaskemaskinen. Mens hun var i færd med dette kiggede hun ud gennem vinduet, og tilfældigt faldt blikket på skateboardene Jens og Ole havde fået af John for nogle uger siden.

Hun kaldte gaverne "løbefiduser", og så at de stod på skrå op ad en af carportens stolper. Hendes mand, Kurt Jensen var på langfart med et skib, han var styrmand. John var en af Kurts venner som også var blevet til en af hendes venner. Johns kone var stewardesse, og i kraft af hendes arbejde var de stadig alene, altså uden afkom. Men John holdt meget af børn, og i mangel af egne havde han kastet sin kærlighed på Kurt og Irenes to drenge.

Synet af skateboardene fik Irenes tanker til at falde tilbage på den dag hvor John havde besøgt familien.

Først havde han ringet og spurgt om det var i orden han besøgte dem, fordi han havde nogle gaver til drengene. Irene havde sagt at der naturligvis ikke ville være noget til hinder for at John kom forbi med gaverne, som drengene ikke havde noget kendskab til. Både den voksne- og de i forhold til ham små mænd, havde moret sig gevaldigt den eftermiddag besøget fandt sted. Irene huskede hvordan den voksne og børnene leende havde hjulpet hinanden til, at holde balancen på de livlige fiduser. Efter de alle tre havde trænet i at holde ligevægten, og så nogenlunde havde lært at gøre det, begyndte det pludselig at regne. Alle skyndte sig naturligvis ind, og i løbet af få minutter tegnede himlen sig gråsort overalt. Det så ikke ud til at vejrsituationen ville ændre sig foreløbig, hvilket førte til at drengene hentede den PlayStation 4, de havde fået af deres far lige før han drog hjemmefra nogle måneder fordi han skulle ud at sejle på langfart.

Situationen var dog sådan at hverken Jens eller Ole havde nogen viden af betydning, om hvad PlayStation'en kunne udføre af digitale vidundere. Drengene håbede at John kunne hjælpe dem, men han var desværre ikke noget digitalt naturtalent og måtte efter flere timers forgæves forsøg, tage hjem. Inden han forlod huset tilbød Irene ham en kop kaffe, og de sad og sludrede til omkring midnatstid.

At John ikke kunne finde ud af hvad PlayStation'en kunne bruges til, førte til at Eric, en anden af Kurts venner, få dage senere lovede børnene at gennemgå manualen med dem for at se om de i fællesskab kunne lure systemet af. Men selv om Eric der arbejdede med at reparere Tv´er og havde lidt kendskab til elektricitet og teknik i det hele taget, gjorde sit bedste i flere timer, lykkedes det ikke at finde ud af hvordan PlayStation'en kunne lede dem rundt i cyberspace.

Eftersom Irene kunne se at tiden med at lure teknikken af trak ud, og det at det var ved at blive sent på dagen fik hende til at begynde at lave aftensmad, som Eric naturligvis også kunne få sin del af. Klokken var blevet i nærheden af 19´3o inden maden var klar, og som nævnt indbød Irene Eric til at spise med. I løbet af tiden der gik medens mad, og en hurtig tilberedt dessert der bestod af en liter is fra fryseren og noget frugt på dåse, blev indtaget, forløb endnu en time. Så snart spisningen var overstået smuttede Jens og Ole tilbage til play-stationen for at søge videre i hvad apparatet kunne af vidundere. Eric hjalp Irene med at tage af bordet mens

de talte om hvorledes resten af aftenen kunne forløbe.
Det startede sådan set med at Irene sagde:
"Hvis det lykkes dig og drengene at finde ud af hvorledes legetøjet fungerer, og det bliver sent før I finder en løsning, kan du da overnatte på sofaen i stuen da du jo ikke har nogen at skal hjem til"!
 Irene fortrød straks den udtryksform hun havde brugt fordi Eric mistede sin kone i en trafikulykke for cirka et års tid siden.
 Eric så et øjeblik på hende, og syntes formentlig at det der skete kunne mistolkes. Formodningen af det syn andre muligvis ville få af sagen, gjorde at Eric blev en smule nervøs og fik en skamfuld følelse. Han brød sig ikke om den tanke, andre kunne få af situationen. Med en antydning af irritabilitet, men uden fjendtlig klang i stemmen, svarer han derfor tøvende på tilbuddet:
 "Irene du ved jo ligeså godt som jeg at Kurt er en af mine gode venner, så naturligvis vil jeg da sove i stuen, hvis det bliver aktuelt at overnatte. Og helt personligt vil jeg ved nærmere eftertanke gerne overnatte, simpelthen bare for at bekræfte mit venskab, og ikke forsøge at lægge hånd på hans ejendom. Ikke desto mindre vil jeg sige at du er en smuk kvinde Irene, men vores venskab, dit, Kurts og mit gør at jeg aldrig kunne finde på at betragte dit og mit forhold som andet end bare venskabeligt."

Ud over at Eric bekendtgjorde venskabet med Kurt på en forsvarlig måde, skete der ikke andet i løbet af de resterende timer end at der blev udvekslet muntre bemærkninger om de forskelliges tolkning af manualens informationer. Aftenen endte altså med at Eric overnattede på sofaen i stuen.

Samtidig med at Irene tænkte på, hvad der hændte for nogen tid siden, opfangede hendes blik tre personer hvor den ene åbnede havelågen så de alle kunne træde inden for. Med en nysgerrig mine fæstnede hun naturligvis blikket på dem. Det var to mænd og en kvinde der pænt fulgte den buede flisegang gennem græsset, mod huset. Interesseret, men alligevel skeptisk over deres tilstedeværelse gik hun mod entréen for at komme til hoveddøren. Et øjeblik senere, før hun nåede frem, klemtede dørklokken og meldte gæsternes ankomst.

Irene fik en underlig følelse med hensyn til hvad de personer hun ikke kendte ville, og tankerne eller mangel på samme endte i et stort spørgsmålstegn. Den underlige følelse som nærmest kan beskrives "diffus" gjorde at hun for en sikkerheds skyld satte dørens sikringskæde mellem karm og dør i spærreposition inden hun åbnede de få centimeter døren kunne, og spurgte hvad personerne ville.

En af de udenforstående, en mand holdt et plastickort frem så det var tydeligt at se hvad der stod på det. Mandens navn samt oplysningen om, at han repræsenterede kommunen var let at se. Øjeblikket efter da der var øjenkontakt mellem dem sagde han:

"Vi vil gerne tale med dem fru Jensen, det drejer sig om at vi gerne vil have nogle oplysninger om forholdet i familien, specielt angående Jens og Ole´s fritid."

Irene stivnede og tænkte: "Hvad er det her for noget, hvad bilder de sig i det hele taget ind?"

Hendes tanker fokuserede derefter på børnene. Interessen for at få det oprørte sind stillet i bero gjorde at hun efter et øjeblik lukkede døren igen for at fjerne sikkerhedskæden.

Overrasket, men som nævnt konfus over hvad henvendelsen drejede sig om, bød Irene dem alle tre om at komme indenfor så de kunne forklare hvad det var de havde på hjerte. Ham der havde vist identitetskortet rømmede sig flere gange, samtidig med at de alle tre blev stående i entreen i stedet for at følge anvisningen om, at fortsætte ind i stuen foran dem, hvor de kunne sætte sig. Småtrippende, ventede de øvrige indtil ham der havde ført ordet udbrød.:

"Jo ser de fru Jensen vores henvendelse kan gøres meget enkel: Ansvarlige personer i kommunen har sammen med juridisk- og pædagogiske eksperter som varetager børn og unges vel, truffet den beslutning, at De ikke er i stand til at yde Deres børn, den sikker- og tryghed der bør ligge inden for hjemmets mure."

Irene var ikke helt klar over, om hun helt havde forstået hvad det var der blev sagt, og så på den talende mand med et spørgende udtryk, og krævede med øjnene at der skulle komme en uddybende forklaring. Hun havde også kun lige gjort opmærksom på at hun ikke forstod hans bemærkning før han gik videre. Men samtidig med det kommunale sendebud fulgte sin udtalelse op, tørrede han en usynlig svedbræmme af hals og pande:

"Ifølge udtalelser fra psykologen De netop har været indkaldt til samtale hos, angående mobningen af Deres børn og hensigten med at lade de selvsamme børn gå til undervisning i selvforsvar. Ja så er bekymringen af den mobning Deres børn efter Deres udsagn er udsat for, en fejlagtig antagelse forholdet taget i betragtning. Desuden lader det til at De ønsker at Deres børn kan komme fri af den eventuelle mobbe situation ved at bruge vold. Det vil med andre ord sige, at den konklusion samordningen af psykologer har udfærdiget. Klart og tydeligt gør opmærksom på at De lider af et omfattende mindreværdskompleks. Og af den grund, vurderes det fra myndighedernes side, at De ikke er i stand til at tage vare på børnenes fremtid, på en rimelig

måde. En del af begrundelsen hænger sammen med at
de ofte er alene fordi Deres mand en stor del af året
ikke er hjemme da han jo er officer på et fragtskib i
handelsflåden. Desuden er vurderingen fra en navn-
given lærer i lærerstaben på skolen Deres børn er
tilsluttet, taget i betragtning. Vurderingen derfra lyder,
at De ikke egner Dem som rollemodel i en familie da
De har haft andre mænd end børnenes fader til at
overnatte i hjemmet. Netop omtalte affære er dannet på
baggrund af en samtale med Deres børn. Og som
konsekvens af analysen, en psykolog med stor kompe-
tence og erfaring har udarbejdet. Ja så er De vurderet til
at være uegnet som hjemmets lederrolle. Psykologens
bedømmelse har ligesom skolens vurdering grundlag i,
foruden ønsket om vold, at bekendte mandfolk skulle
være opfordret af Dem, til at overnatte i Deres hjem.
Og i kraft af det som mine overordnede har besluttet, er
det mig pålagt at overrække Dem dette dokument hvori
det bekendtgøres at myndigheden over Deres børn er
taget fra Dem. Bemyndigelsen overtages af de offent-
lige myndigheder fra det tidspunkt, hvor jeg i vidners
overværelse, personligt overrækker Dem nærværende
dokument, som i gældende tilfælde har sociale vejle-
dere i den ansvarshavende position. Det skal naturligvis
også nævnes for Dem, hvilket selvfølgelig også er

oplyst i dokumentet, at de kan indklage afgørelsen til det sociale ankenævn"

Irene er lamslået af meddelelsen og er nærmest i hypnose da hun tager imod dokumentet som gives hende af sendebuddet der atter en gang gnider et lommetørklæde over hals og pande. Idet det dæmrer for Irene hvad det offentliges bedømmelse af oplysningen de havde arbejdet ud fra vil betyde, kan hun som følge af det hun har hørt ikke lade være med at tænke på de hændelser der må ligge til grund for den konklusion der er truffet. Det at hun havde været til samtale hos en repræsentant fra skolen angående en mistanke om mobning hos børnene, og deres ønske om at gå til judo havde altså gjort at vedkommende havde lagt subjektive opfattelser, frem om børnenes adfærd. Et sådant udpluk kunne, så at sige, misbruges til det værst mulige. Specielt når det blev kombineret med samtalen hun havde haft med den psykolog hun var opfordret til at tale med, og til hvem hun havde refereret de mobninger børnene havde omtalt.

At Irene gennem længere tid havde haft en del bekendte på besøg, både mand- og kvindelige gæster, var efter hendes egen mening ganske naturligt. Det at nogle få havde overnattet et par gange i stuen, kunne efter de tanker hun havde da ikke være misvisende, langt mindre ulovligt. De der havde sovet på sofaen én nat, var gode venner til både Irene og hendes mand. Der havde overhovedet ikke fundet den mindste form for utroskab sted. Hverken hende eller vennerne kunne, eller ville finde på at misbruge venskabet. Men bag Irenes ryg var hun altså blevet omtalt som en allemandspige, og børnene var kommet til at lide for dette, ved drilleri eller mobning i skolen. Det resultat sammenfletningen af lov og personlige tanker havde ført til, var simpelthen at børnenes opdragelse skulle ske på basis af kompetente personers normer. I dette tilfælde velsignede normerne kernefamilier, selvom en stor del af befolkningen levede på andre vilkår. Det som psykologer, jurister, socialrådgivere og andre afgørende personer mente, var at Irene befandt sig i et moralsk forfald, og simpelthen var på vej mod at trække børnene frem til, at acceptere jungleloven. Altså en lettere omskrivning af Janteloven.

Men bortset fra det frygtelige der var sket, erfarede Irene hvorledes det var, pludselig at bo alene fordi hendes børn var blevet fjernet og bragt til egnede plejefamilier. Ved eftertanke blev Irene klar over at psykologer med videre som var tilknyttet hendes sag havde fokuseret tankerne på seksuelle misbrugssager, der var hændt rundt omkring men var almen kendt.

Sønnen Jens blev placeret i en barnløs familie, der netop havde købt hus og uden tvivl kunne finde plads i budgettet til det økonomiske vederlag tjenesten for samfundet gav. Den gode support til månedslønnen der blev stillet til rådighed for at tage vare på et enkelt barn kunne i mange tilfælde, så rigelig dække de ekstra omkostninger til plejefamiliens hjem. Det må dog siges at der i det mindste ikke var nogen politisk sammen-hæng i tilfældet, for Irenes familie yndede samme partifarve som det kommunale styre. Men de nye forældre der passede til situationen, var så pædagogisk afbalancerede, at de efter egen mening, ville være det bedste der nogensinde var hændt for Jens. Hans opdragelse skulle være sådan at han instinktmæssig, altid ville følge sin fri vilje. Kom han på noget tidspunkt i tvivl om rigtigheden i den gerning han ville foretage skulle den naturligvis vurderes og måske korrigeres sådan at den var i harmoni med ideologien familien havde taget til sig. Plejeforældrene havde selvfølgelig til hensigt at gøre sit, for at synet på en retfærdig samfundsorden blev indpodet i Jens.

Et lyst syn på drengens fremtid, var de nye forældre naturligvis i besiddelse af, og de udtrykte glæde over at han ikke skulle opdrages i en familie, hvor moderen betragtedes som uansvarlig i rollen som opdrager. Og selvom Irene tryglede den kommunale autoritet om i det mindste at få samværsret med sine børn, nogle timer om ugen, så blev der sagt nej! Kærlighedsforholdet mellem mor og børn havde åbenbart ingen betydning når den offentlige myndighed havde bestemt noget andet.

I overensstemmelse med at kærligheden var skubbet til side blev Oles familieforhold tilfældigvis anderledes end det Jens levede under. For ham tog fremtiden sig ud ved at han blev anbragt i en døgninstitution hvor børn og unge skulle lære at leve med en ret adfærd for øje.

Institutionen blev af mange sammenlignet med et internat, der for mange år siden betragtedes som en anstalt, hvor opdragelsen foregik under tvang. Det kærlige forhold der eksisterede mellem Irene, hendes mand og børnene, blev uden konsekvens gjort til nul og nix, med de sociale myndigheders hjælp.

En hjælp der fik det resultat at Irene ganske enkelt begik selvmord ved i selvmedlidenhed og provokation over myndighedernes indgreb, at hænge sig i et reb i carporten direkte ud til gaden.

På grund af situationen hvor Kurt var blevet alene, gik han skamfuld i land i Malaysia, og for at glemme alt om sin ødelagte familie hensygnede han i druk.

Den fri vilje Jens blev opdraget under, faldt i hak med den følelse han fik da samfundets top, efter hans mening ikke regnede ham for noget som helst.

Han brugte sin fri vilje til, flere gange at røve andres penge fordi han mente at disse gjorde større nytte i hans egen lomme. Adfærden bragte ham i fængsel gang på gang.

Med hensyn til Ole skete der det, at han levede med tanken om at de stærkeste altid vil overleve. Opfattelsen resulterede i at politiet dræbte ham i forbindelse med at han havde taget et gidsel og allerede havde dræbt en person for at få penge.